GRILLON DU FOYER

5e SÉRIE GRAND IN-8°.

CHARLES DICKENS

LE
GRILLON DU FOYER

HISTOIRE FANTASTIQUE D'UN INTÉRIEUR DOMESTIQUE

TRADUCTION NOUVELLE

PAR AMÉDÉE CHAILLOT.

LIMOGES
EUGÈNE ARDANT ET Cie, ÉDITEURS.

A LORD JEFFREY

Cette histoire est dédiée

avec

l'affection et l'attachement de son ami

L'AUTEUR.

NOTICE

SUR

CHARLES DICKENS.

La renommée de Charles Dickens a franchi depuis longtemps les limites des Iles Britanniques, et s'est répandue sur le continent européen et dans tout le monde civilisé presque à l'égal de celle de Walter Scott. On lira donc avec plaisir quelques mots sur sa personne et ses écrits.

Charles Dickens est né en 1812 à Portsmouth. Placé chez un avoué par ses parents, il se trouvait dans une atmosphère ou sa vive imagination, la tournure originale de son esprit, son besoin d'épancher ses idées, étaient étouffés sous le poids d'un travail aride et positif. Quand on a lu ses ouvrages, on ne s'étonne pas qu'il ait abandonné de bonne heure une carrière si opposée à son organisation intellectuelle, pour se lancer dans cette voie des lettres, où tant d'esprits médiocres se traînent ou tombent, mais où, plus heureux et plus habile, il ne tarda pas à conquérir la gloire et la fortune.

Comme tant d'autres, il fit des articles de journaux, et plus tard il fonda lui-même un journal hebdomadaire. En 1838, il fit paraître son roman d'*Olivier Twist*. *Nicolas Nickleby*, *L'Horloge de Maître Humphrey*, *Barnabé Rudge*, *Martin Chuzzlewit*, parurent de 1839 à 1844.

Pendant les trois années suivantes, Charles Dickens introduisit dans la littérature anglaise un genre de contes qui, jusque là, avait formé une espèce de Bibliothèque bleue assez différente de la nôtre. Chacun sait combien la fête de Noël est chère aux Anglais. Il y a, pour les lecteurs de ce temps, toute une série de livres composés à diverses époques, et de caractères très variés. Les plus anciens sont presque exclusivement religieux, et contiennent des récits de l'Ancien et du Nouveau Testament, arrangés pour les enfants. Plus tard, s'y joignirent des contes dans le genre des *Mille et une Nuits*, des histoires de spectres, de revenants, etc., des allégories mystiques, des légendes superstitieuses, les récits de brigandage, enfin toute une mythologie de fées, de gnomes, de farfadets. Ce qui caractérise *Les Carillons*, le *Grillon du Foyer*, les *Spectres de Noël* et les autres *Christmas Carols* de Charles Dickens, c'est l'alliance du merveilleux avec la réalité matérielle de l'existence humaine. Le naturel s'y lie au surnaturel de la manière la plus piquante. Quand Scrooge persuadé qu'un être diaphane comme le spectre de Marley lui demande s'il peut s'asseoir, lorsqu'il lui dit qu'il n'est peut-être qu'une tranche de bœuf mal digérée, ou un morceau de pomme de terre mal cuite, comme l'auteur fait flotter l'esprit du lecteur entre le cauchemar produit par une mauvaise digestion, et une apparition surnaturelle qu'il a de la peine à admettre !

Ce sont ces petits récits si intéressants, et toujours si remplis des inspirations d'une morale pure, et d'une douce bienveillance pour les malheureux, qui ont rendu le nom de Dickens si populaire en Angleterre, et nous pourrions dire aussi en France.

Charles Dickens a beaucoup voyagé, il a visité la France l'Italie et même l'Amérique. Observateur sagace, il aimait à semer dans ses ouvrages les choses qui l'avaient frappé. Il se plaisait à réciter ses compositions, et comme il excellait dans l'art de bien lire, et qu'il jouait la comédie comme un acteur achevé, il attirait un public nombreux dans les réunions où il exerçait ses talents remarquables, et s'il en tirait profit pour lui-même, il était assez généreux pour appliquer souvent à des œuvres de bienfaisance, le produit d'une séance où il avait fait tour à tour rire, pleurer et frissonner ses auditeurs.

Parmi les romans que Charles Dickens a publiés ses chefs-d'œuvre sont *Dombay père et fils*, paru en 1848, *David Copperfield*, en 1850, et *Bleak-House*, en 1852.

Il est mort le 9 juin 1870.

LE

GRILLON DU FOYER.

CHAPITRE PREMIER.

Premier Cri.

La Bouilloire fit entendre son premier cri ! Ne me dites pas ce que mistress Peerybingle disait. Je le sais mieux qu'elle. Mistress Peerybingle peut laisser croire jusqu'à la fin des temps qu'elle ne saurait dire lequel des deux commença à crier ; mais moi je dis que c'est la Bouilloire. Je dois le savoir, j'espère ! La Bouilloire commença cinq bonnes minutes, à la petite horloge de Hollande qui était dans un coin, avant que le grillon poussât le premier cri.

Comme si, vraiment, le petit faucheur placé au haut de l'horloge n'avait pas fauché au moins un demi arpent de pré, abattant une herbe imaginaire avec sa faux lancée de droite à gauche, avant que le Grillon fît chorus avec la Bouilloire !

Je ne suis pas d'un caractère absolu ; tout le monde le sait. Je ne voudrais pas mettre mon opinion en opposition avec celle de mistress Peerybingle, si je n'étais pas sûr, positivement sûr de ce que je dis. Mais ceci est une question de fait. Et le fait est que la Bouilloire se mit à chanter au moins cinq minutes avant que le Grillon donnât signe de vie. Contredisez-moi, et je le dirai dix fois.

Laissez-moi narrer exactement ce qui se passa. C'est ce que j'aurais fait tout d'abord, si ce n'était pas par cette simple considération que, si j'ai une histoire à raconter, il faut que je commence par le commencement, et comment est-il possible de commencer par le commencement, sans commmencer par la Bouilloire?

Il paraît qu'il y avait une sorte de défi, un assaut de talent, vous comprenez, entre la Bouilloire et le Grillon. Et voici quelle en fut l'occasion.

Mistress Peerybingle était sortie un peu avant la nuit close, et les talons cerclés en fer de ses patins laissaient sur le pavé humide de la cour de nombreuses figures dont la première proposition d'Euclide donne la démonstration. Elle était sortie pour aller remplir la Bouilloire au réservoir. Elle rentra, sans ses patins; c'était facile à voir, car ses patins étaient très hauts, et elle était fort petite. Elle mit la Bouilloire au feu, et en la mettant, elle perdit patience; car il lui tomba de l'eau sur les pieds, et l'eau était froide, et puis elle tenait à la propreté de ses bas.

De plus cette Bouilloire était obstinée et impatiente ; elle ne se laissait pas aisément arranger au feu. Elle chancelait, comme si elle était ivre, elle s'y tenait de travers, une vraie idiote de Bouilloire. Elle était d'humeur querelleuse ; elle sifflait et crachait sur le feu d'un air morose. Pour comble de mésaventure, le couvercle, résistant aux doigts engourdis de mistress Peeryb ngle, se plaça dessus dessous, et ensuite, avec une ingénieuse opiniâtreté digne d'une meilleure cause, il se mit de côté et tomba au fond de la Bouilloire. Un vaisseau à trois ponts coulé bas n'aurait pas fait la moitié autant de résistance pour être remis à flot que ce couvercle pour se laisser repêcher.

Même avec son couvercle, la bouilloire conservait un air sombre et entêté, présentant sa poignée comme par défi, et éclaboussant par moquerie la main de mistress Peerybingle, comme si elle lui eût dit : — Je ne veux pas bouillir. Rien ne m'y forcera.

Mais mistress Peerybingle, à qui la bonne humeur était revenue, frotta ses petites mains l'une contre l'autre, et s'assit devant la Bouilloire en riant. En même temps, la flamme brilla et éclaira de ses clartés vacillantes le petit faucheur, qui semblait immobile devant son palais mauresque, comme si la flamme seule était en mouvement.

Et pourtant il se mouvait, deux fois par seconde, avec la plus grande régularité. Mais ses efforts étaient effrayants à voir quand l'heure allait sonner, et lorsqu'un coucou, paraissant à la porte du palais, poussa six fois un cri semblable à celui d'un spectre, le faucheur s'agita en frémissant, et ses jambes flageollaient comme si un fil de fer les lui eût tiraillées.

Ce ne fut que lorsqu'un mouvement violent et un grand bruit de poids et de cordages se fut tout à fait calmé, que le faucheur effrayé revint à lui-même. Il ne s'était pas épouvanté sans raison, car tout ce remue-ménage, tous ces os de squelettes qui s'agitaient n'étaient pas rassurants, et je m'étonne que les Hollandais, gens d'humeur flegmatique, soient les auteurs d'une pareille invention.

Ce fut en ce moment, remarquez le bien, que la Bouilloire commença sa soirée. Ce fut en ce moment que la Bouilloire, s'adoucissant jusqu'à devenir musicale, laissa échapper de son gosier des gazouillements qu'elle semblait vouloir retenir, de courtes notes interrompues, comme si elle n'avait pas encore tout à fait mis de côté sa mauvaise humeur. Ce fut en ce moment qu'après quelques vains efforts pour réprimer sa gaîté, elle se débarrassa enfin de son air morose, perdit toute réserve, et se mit à chanter une chanson joyeuse, telle que le rossignol le plus tendre n'en a jamais eu l'idée.

Elle était si simple, cette chanson, que vous l'auriez comprise comme un livre, mieux peut-être que quelques livres que je pourrais nommer. Avec sa chaude haleine qui s'élevait en gracieux et légers nuages qui montaient dans la cheminée comme vers un ciel domestique, la Bouilloire accentuait son chant joyeux avec énergie, et le couvercle, le couvercle naguère rebelle, — telle est l'influence du bon exemple, — dansait une espèce de gigue, et tintait comme une jeune cymbale sourde et muette qui n'a jamais connu de sœur.

Ce chant de la Bouilloire était une invitation et un souhait de bienvenue pour quelqu'un qui n'était pas dans la maison, pour quelqu'un qui allait arriver, qui approchait de cette petite maison et de ce feu pétillant; cela n'était pas douteux. Mistress Peerybingle le savait bien, elle qui était assise pensive devant le foyer. « La nuit est sombre, chantait la Bouilloire, et les feuilles mortes jonchent le chemin: tout est brouillard et ténèbres; en bas, tout est boue et flaques d'eau; on ne voit dans l'air qu'un point moins triste; c'est cette teinte rougeâtre à l'horizon, où le soleil et le vent semblent lutter pour se reprocher le vilain temps qu'il fait. Tout est obscur dans la campagne; le poteau indicateur de la route se perd dans l'ombre; la glace n'est pas fondue, mais l'eau est encore emprisonnée; et vous ne sauriez dire s'il gèle ou s'il ne gèle pas. Ah! le voilà qui vient, le voilà, le voici! »

En ce moment, s'il vous plait, le Grillon poussa son cri; coui, coui, coui, fit-il en chorus, et sa voix était si forte en proportion de sa taille — on ne pouvait pas en juger, car on ne le voyait pas, — qu'il semblait prêt à crever comme un canon trop chargé; et vous auriez dit qu'il allait éclater en cinquante morceaux, tant il faisait d'efforts pour grésillonner.

Le solo de la Bouilloire était fini; le Grillon avait pris la partie de premier violon, et il ne la quittait pas. Bon Dieu! comme il criait! Sa voix aiguë et perçante résonnait dans toute la maison; il semblait qu'elle allait percer les ténèbres... comme une étoile perce les nuages. Il y avait de petits trilles et un tremolo indescriptible dans le cri le plus aigu du Grillon, lorsque, dans l'excès de son enthousiasme, il faisait des sauts et des bonds. Cependant ils s'accordaient fort bien, le Grillon et la Bouilloire. Le refrain était toujours le même, mais, dans leur émulation, ils la chantaient de plus en plus crescendo.

La jolie petite femme qui les écoutait, — car elle était jolie et jeune, quoique un peu forte, — alluma une chandelle, se tourna vers le faucheur de la pendule, qui avait fait une bonne provision de minutes, puis elle alla regarder à la fenêtre, par laquelle elle ne vit rien à cause de l'obscurité, mais elle vit son charmant visage se réfléchir dans les vitres, et mon opinion — qui serait aussi la vôtre — est qu'elle aurait pu regarder longtemps sans voir rien d'à moitié aussi agréable. Lorsqu'elle revint s'asseoir sur son siége, le Grillon et la Bouilloire continuaient leur duo avec le même entrain.

C'était entr'eux comme une course au clocher. *Cri! cri! cri!* Le Grillon l'emporte! *Hum! hum! hum!* La Bouilloire prend de l'avance. *Cri! cri! cri!* Le Grillon gagne du terrain au retour. Mais la Bouilloire reprend encore: *Hum! hum! hum!* Enfin ils s'essoufflaient, ils s'épanouissaient tant l'un et l'autre, le *cri! cri!*

se confondait tellement avec le *Hum! hum!* qu'il aurait fallu une oreille plus exercée que la vôtre ou la mienne pour savoir qui l'emporterait. Mais ce qui ne fut pas douteux, c'est que la Bouilloire et le Grillon, tous deux au même instant, et par un accord secret connu d'eux seuls, lancèrent leur chant joyeux avec un rayon de lumière qui traversant la fenêtre alla éclairer jusqu'au fond de la cour. Cette lumière, tombant tout à coup sur une certaine personne, qui arrivait dans l'obscurité, lui exprima à la lettre, et avec la rapidité de l'éclair, cette pensée : — Sois le bienvenu à la maison, mon ami ! sois le bienvenu, mon garçon.

Ce but atteint, la Bouilloire, cessant de chanter, versa parce qu'elle bouillait trop fort, et fut enlevée de devant le feu. Mistress Peerybingle courut à la porte, où elle ne put d'abord se reconnaître au milieu du bruit des roues d'une voiture, du trépignement d'un cheval, de la voix d'un homme, des allées et venues d'un chien surexcité, et de la surprenante et mystérieuse apparition d'un baby.

D'où venait ce baby, et comment mistress Peerybingle s'en empara-t-elle en un clin-d'œil, je ne sais. Mais c'était un enfant vivant dans les bras de mistress Peerybingle; et elle semblait en être fière, pendant qu'elle était doucement attirée vers le feu par un homme grand et robuste, beaucoup plus grand et plus âgé qu'elle, qui se baissa pour l'embrasser.

— Oh! mon Dieu, John! dit mistress Peerybingle. Dans quel état vous êtes avec ce mauvais temps!

Il était vraiment dans un état pitoyable. L'épais brouillard avait déposé sur ses cils un chapelet de gouttes d'eau congelées; et ses favoris imprégnés d'humidité brillaient à la clarté du foyer des couleurs de l'arc-en-ciel.

— En effet, Dot, répondit John lentement, en déroulant le fichu qui lui entourait le cou et en se chauffant les mains, ce n'est pas un temps d'été. Il n'y a rien d'étonnant que je sois ainsi fait.

— Je ne voudrais pas m'entendre appeler Dot, John. Je n'aime pas ce nom. Et la moue de mistress Peerybingle semblait dire qu'elle l'aimait beaucoup.

— Qu'êtes-vous donc? répondit John en la regardant de son haut avec un sourire, et en l'étreignant avec autant de délicatesse que pouvait le faire sa large main et son robuste bras.

Ce brave John était si lourd mais si doux, si grossier à la surface et si sensible au fond du cœur, si massif au dehors, mais si vif au dedans; si borné, mais si bon! O mère Nature, donne à tes enfants cette poésie du cœur qui se cachait dans le sein de ce pauvre voiturier, ce n'était qu'un voiturier, et quoiqu'ils parlent en prose, quoiqu'ils vivent en prose, nous te remercions de nous faire vivre dans leur compagnie.

On aurait eu plaisir à voir Dot avec sa petite figure

et son baby dans ses bras, une vraie poupée que ce baby; elle regardait le feu d'un air pensif, et inclinait sa petite tête délicate sur le côté du grand et robuste voiturier, avec une grâce demi naturelle, demi affectée. On aurait eu plaisir à voir celui-ci la soutenir avec une tendre gaucherie, et faisant de son âge mûr un soutien pour la jeunesse de sa femme. On aurait eu plaisir à voir la servante Tilly Slowbody, attendant qu'on la chargeât du soin du baby, regarder ce groupe d'un air d'intérêt, les yeux et la bouche ouverts, et la tête en avant. Ce n'était pas moins agréable de voir John le voiturier, sur une observation de Dot, retenir sa main qui était sur le point de toucher l'enfant, comme s'il craignait de le briser, et se contentant de le regarder à distance avec orgueil; tel qu'un gros chien ferait vis-à-vis d'un canari, s'il arrivait qu'il en fût le père.

— N'est-ce pas qu'il est beau John? Comme il est joli quand il dort.

— Bien joli, dit John, très joli. Il dort presque toujours, n'est-ce pas?

— Mon Dieu, non, John.

— Oh! dit John d'un air réfléchi. Je croyais qu'il avait généralement les yeux fermés.

— Bonté de Dieu, John, vous l'éveillez.

— Voyez comme il les tourne, dit le voiturier étonné, et sa bouche, il l'ouvre et la ferme comme un poisson doré.

— Vous ne méritez pas d'être père, dit Dot, avec toute la dignité d'une matrone expérimentée. Mais comment sauriez-vous combien il en faut peu pour troubler les enfants, John? Et elle coucha l'enfant sur son bras gauche, en lui frappant doucement le dos de la main droite, après avoir pincé l'oreille de son mari en riant.

— C'est vrai, Dot, dit John: je n'en sais pas grand chose. Pour ce que je sais c'est que j'ai joliment lutté avec le vent ce soir. Il soufflait du nord-ouest, droit contre la voiture, tout le long du chemin en revenant.

— Pauvre vieux, vraiment! s'écria mistress Peerybingle en reprenant son activité. Tenez, Tilly, prenez mon précieux fardeau, pendant que je vais tâcher de me rendre utile. Je crois que je l'étoufferais de baisers. A bas! Boxer, à bas! John, laissez-moi faire le thé, et puis je me mettrai à travailler comme une abeille.

Comment fait la petite abeille?

vous avez appris la chanson quand vous alliez à l'école, John?

— Je ne la sais pas toute, répondit John. J'étais sur le point de la savoir toute; mais je l'aurais gâtée je crois.

— Ha! ha! fit Dot en riant, et elle avait le plus

joli rire que vous ayez entendu. Quel cher vieux lourdaud vous faites, John.

Sans contester cette assertion, John sortit pour veiller à ce que le valet de ferme, qui allait et venait dans la cour avec sa lanterne, comme un feu follet, prît bien soin du cheval, lequel était plus gras que vous ne voudriez le croire, si je vous donnais la mesure, et si vieux que le jour de la naissance se perdait dans les ténèbres de l'antiquité. Boxer, pensant que ses attentions étaient dues à toute la famille, et devaient être distribuées avec impartialité, courait çà et là avec une agitation étonnante; tantôt il décrivait des cercles en aboyant autour du cheval, pendant qu'on le menait à l'écurie; tantôt il feignait de s'élancer comme un furieux sur sa maîtresse, et puis il s'arrêtait tout à coup, tantôt approchant son nez humide il faisait un baiser à Tilly Slowbody assise sur une chaise basse près du feu; tantôt il montrait une amitié incommode pour le baby, tantôt après plusieurs tours sur lui-même il se couchait près du foyer, comme s'il allait s'établir là pour la nuit; tantôt il s'élançait dans la cour en agitant son tronçon de queue, comme s'il allait remplir une commission dont il se souvenait à l'instant.

— Voilà la théière toute prête sur la table, dit Dot aussi occupée qu'une petite fille qui joue au ménage. Voici le jambon, voilà le beurre, voilà le pain et le reste. Tenez, John, voilà un panier pour mettre les petits paquets, si vous en avez... Mais où êtes-vous,

John ? Tilly, ne laissez pas tomber l'enfant dans le cendrier, quoi que vous fassiez.

Il faut noter que miss Slowbody, quoique cette recommandation la fît regimber, avait un talent rare et surprenant pour mettre en danger la vie de cet enfant. Elle était maigre et petite de taille, de sorte que ses vêtements avaient toujours l'air de l'abandonner. Comme tout excitait son admiration, et principalement les bonnes qualités de sa maîtresse, et les perfections de l'enfant, les bévues de miss Slowbody faisaient honneur à son cœur, si elles n'en faisaient pas à son esprit. Si elle mettait la tête du baby trop souvent en contact avec les portes d'armoires, les rampes d'escalier, ou les colonnes de lit, c'est qu'elle ne pouvait pas revenir de sa surprise d'être si bien traitée dans la maison où elle était. Il faut savoir que le père et la mère Slowbody étaient des êtres parfaitement inconnus, et que Tilly avait été nourrie et élevée à l'hospice. L'on sait que les enfants trouvés ne sont pas des enfants gâtés.

Si vous aviez vu la petite mistress Peerybingle revenir avec son mari, faisant de grands efforts pour soutenir les corbeilles, efforts parfaitement inutiles, car son mari la portait à lui tout seul, vous vous seriez bien amusé, et il s'amusait bien aussi. Je ne sais si le Grillon n'y trouvait pas également du plaisir, car il se mit à chanter de plus belle.

— Ah ! ah ! dit John, en s'avançant lentement ; il est plus gai que jamais ce soir.

— C'est un heureux présage, John ; cela a toujours été. Il n'y a rien de plus fait pour porter bonheur que d'avoir un grillon dans le foyer.

John la regarda comme si ses paroles faisaient naître dans sa tête la pensée que c'était elle qui était son grillon qui porte bonheur, et tout en convenant avec elle de l'heureux présage du Grillon, il n'expliqua pas davantage sa pensée.

— La première fois que j'ai entendu son chant, dit-elle, c'est le soir que vous m'amenâtes ici, que vous vîntes m'installer ici avec vous dans ma nouvelle maison, dont vous me faisiez la petite maîtresse. Il y a près d'un an de cela. Vous en souvenez-vous, John.

Oh oui, John s'en souvenait bien, je pense.

— Le chant du Grillon me souhaita la bienvenue. Il semblait si plein de promesses et d'encouragements! Il semblait me dire que vous seriez bon et gentil avec moi ; que vous ne vous attendiez pas — je le craignais, John — à trouver une tête de femme âgée sur les épaules de votre jeune épouse si légère.

John lui appuya la main sur l'épaule et sur la tête, comme s'il voulait lui dire : Non, non! je ne me suis pas attendu à cela ; j'ai été parfaitement content de ce que j'ai trouvé. Et il avait vraiment raison. Tout allait pour le mieux.

— Et tout ce que semblait chanter le Grillon s'est

vérifié; car vous avez été toujours pour moi le meilleur, le plus affectueux des maris. Notre maison a été heureuse, John; et c'est ce qui me fait aimer le Grillon.

— Et moi aussi! moi aussi, Dot!

— Je l'aime pour son chant qui fait naître en moi ces douces pensées. Quelquefois, à l'heure du crépuscule, lorsque je me sentais solitaire et triste, John, — avant que le baby fût ici, pour me tenir compagnie et pour égayer la maison; — lorsque je pensais combien vous seriez seul si je venais à mourir, son cri, cri, cri, semblait me rappeler une autre voix douce et chère qui faisait à l'instant évanouir mon rêve. Et lorsque j'avais peur, — j'avais peur autrefois, John, j'étais si jeune, — j'avais peur que notre mariage ne fût pas heureux. Moi, j'étais presque une enfant, et vous, vous ressembliez plus à mon tuteur qu'à mon mari. Je craignais que, malgré vos efforts, vous ne pussiez pas apprendre à m'aimer, quoique vous en eussiez l'espoir et que ce fût l'objet de vos prières. Le chant du Grillon me rendait courage, en me remplissant de confiance. Je pensais à tout cela ce soir, cher, pendant que j'étais assise à vous attendre, et j'aime le Grillon pour tout ce que je viens de vous dire.

— Et moi aussi, répondit John. Mais, Dot, que voulez-vous dire? que j'espérais apprendre vous aimer et que je le demandais à Dieu dans mes prières? J'ai appris cela bien avant de vous amener ici, pour être la petite maîtresse du Grillon, Dot.

Elle appuya un instant la main sur son bras, et le regarda avec un visage ému, comme si elle avait voulu lui dire quelque chose. Le moment d'après, elle se mit à genoux devant la corbeille, triant les paquets d'un air affairé, en murmurant à demi voix.

— Il n'y en a pas beaucoup ce soir, John, mais j'ai vu tout à l'heure quelques marchandises derrière la charrette; et quoiqu'elles donnent plus de peine, elles rapportent assez. Nous n'avons pas raison de nous plaindre, n'est-ce pas? D'ailleurs vous avez dû livrer des paquets le long de la route, je pense?

— Oh oui, dit John; beaucoup.

— Mais qu'est-ce que c'est que cette boîte ronde? John, mon cœur, c'est un gâteau de mariage.

— Il n'y a qu'une femme pour trouver cela, dit John avec admiration. Jamais un homme ne l'aurait deviné. Je parie que si l'on mettait un gâteau de mariage dans une boîte à thé, dans un baril de saumon, ou dans quoi que ce soit, une femme le dénicherait tout de suite. Oui, je l'ai pris chez le pâtissier.

— Comme il pèse! il pèse un quintal! s'écria Dot, en essayant de le soulever. De qui est-il? A qui l'envoie-t-on?

— Lisez l'adresse de l'autre côté, dit John.

— Comment, John! Bonté de Dieu!

— Y auriez-vous pensé? répondit John.

— Vous ne m'en aviez rien dit, continua Dot en s'asseyant sur le plancher et en secouant la tête, tandis qu'elle le regardait; C'est pour Gruff et Tackleton le fabricant de joujoux.

John fit signe qu'oui.

Mistress Peerybingle secoua aussitôt la tête au moins cinquante fois; non pas pour exprimer sa satisfaction, mais bien un muet étonnement; elle fit une moue — il lui fallut faire effort, car ses lèvres n'étaient pas faites pour la moue, j'en suis sûr — et elle regardait son mari d'un air distrait. Pendant ce temps, miss Slowbody, qui avait l'habitude de répéter machinalement des fragments de conversation pour amuser le baby, qui estropiait les noms en les mettant tous au pluriel, disait à l'enfant: Ce sont les Gruffs et les Tackletons, les fabricants de joujoux; on achète chez les pâtissiers des gâteaux de mariage pour eux, et les mamans devinent tout ce qu'il y a dans les boites que les papas apportent. Et ainsi de suite.

— Et cela se fera vraiment! dit Dot. Elle et moi nous allions ensemble à l'école, quand nous étions de petites filles.

John aurait pu penser à elle, puisqu'elle allait à l'école en même temps que sa femme. John regarda Dot avec plaisir, mais il ne répondit pas.

— Mais lui en bois vieux! Il est bien peu fait pour elle! De combien d'années est-il plus âgé que vous Gruffs Fackleton, John?

— Demandez-moi plutôt combien de tasses de thé je boirai ce soir de plus qu'il n'en boirait en quatre soirées, répondit John d'un ton de bonne humeur, en approchant une chaise de la table ronde, et en commençant à manger le jambon. — Quant à manger, je mange peu, mais ce peu me profite, Dot.

Il disait cela et il le pensait toutes les fois qu'il mangeait, mais c'était une de ses illusions, car son appétit le trompait toujours. Ces paroles n'éveillèrent cette fois aucun sourire sur le visage de sa femme, qui resta au milieu des paquets, après avoir poussé du pied la boîte au gâteau, qu'elle ne regardait plus, elle ne pensait pas même au soulier mignon dont elle était fière quoique ses yeux fussent fixés dessus. Absorbée dans ses réflexions, oubliant le thé et John — quoiqu'il l'appelât et frappât la table de son couteau pour attirer son attention, — elle ne sortit de sa rêverie que lorsqu'il se leva et vint lui toucher le bras. Elle le regarda, et courut se mettre à la table à thé, en riant de sa négligence. Mais son rire n'était plus le même qu'auparavant; la forme et le son étaient changés.

Le Grillon aussi avait cessé de chanter. La cuisine n'était plus si gaie, elle ne l'était plus du tout.

— Ainsi, voilà tous les paquets, n'est-ce pas, John?

dit-elle en rompant un long silence, pendant lequel l'honnête voiturier s'était dévoué à prouver qu'il avait goût à ce qu'il mangeait, s'il ne parvenait pas à prouver qu'il mangeait peu. — Voilà tous les paquets, n'est-ce pas John?

— C'est là tout. Mais... non... Je..., dit-il en posant son couteau et la fourchette, et respirant longuement. J'avoue que j'ai entièrement oublié le vieux monsieur.

— Le vieux monsieur?

— Dans la voiture, dit John. Il dormait dans la paille quand je l'ai laissé. Je me suis presque souvenu de lui deux fois depuis que je suis arrivé, mais cela m'a passé deux fois de la tête. Holà! hé! ici! levez-vous! C'est bien, mon ami!

John dit ces dernières paroles en dehors de la maison, dans la cour où il avait couru, une chandelle à la main.

Miss Slowbody, sentant qu'il y avait quelque chose de mystérieux dans ce vieux monsieur, et réunissant dans son imagination confuse certaines idées de nature religieuse avec le sens de cette phrase, se troubla tellement, que, se levant précipitamment de sa chaise basse auprès du feu pour se mettre sous la protection de sa maîtresse, elle se croisa avec un étranger âgé et le heurta avec le seul objet qu'elle avait dans les mains. Il arriva que cet objet était l'enfant, il s'en suivit un choc et un grand effroi, que la sagacité de Boxer vint accroître; car ce brave chien, plus attentif que son maître, semblait avoir surveillé l'étranger pendant son sommeil de peur qu'il ne s'en allât en emportant quelques jeunes plans de peupliers qui étaient liés derrière la voiture; et il l'avait si peu perdu de vue qu'il le suivait, le nez sur ses talons, cherchant à mordre ses boutons de guêtres.

— Vous êtes sans conteste un bon dormeur, monsieur, dit John, lorsque la tranquillité fut rétablie. En même temps, le vieillard s'était arrêté, et restait immobile et la tête découverte, au centre de l'appartement. Il avait de longs cheveux blancs, une physionomie ouverte, des traits frais pour un homme âgé, et des yeux noirs, brillants et perçants. Il regarda autour de lui avec un sourire, et salua la femme du voiturier en inclinant gravement la tête.

Son costume rappelait une mode déjà bien ancienne; il était en drap brun. Il avait à la main un gros bâton de voyage; il donna un coup sur le plancher, et le bâton s'ouvrant devint une chaise, sur laquelle il s'assit avec beaucoup de calme.

— Voilà, dit le voiturier en se tournant vers sa femme, voilà comment je l'ai trouvé assis au bord de la route, raide comme une pierre millaire et presque aussi muet.

— Assis en plein air, John!

— En plein air, répondit le voiturier, et à la tombée de la nuit. Port payé, m'a-t-il dit en me donnant dix-huit pence; et il est monté dans la voiture, et le voilà.

— Il va s'en aller, je pense, John.

— Pas du tout; il allait parler.

— Avec votre permission, je devais être laissé au bureau jusqu'à ce qu'on me réclamât, dit l'étranger avec douceur. Ne faites pas attention à moi.

En parlant ainsi, il prit une paire de lunettes dans une de ces grandes poches, un livre dans une autre, et se mit à lire tranquillement, sans faire plus d'attention à Boxer que si c'eût été un agneau familier.

Le voiturier et sa femme échangèrent un regard d'inquiétude. L'étranger leva la tête, et après avoir jeté les yeux de l'un à l'autre, il dit :

— C'est votre fille, mon ami ?

— C'est ma femme, répondit John.

— Votre nièce?

— Ma femme, reprit John.

— Vraiment! observa l'étranger; elle est bien jeune!

Et il reprit tranquillement sa lecture : mais avant d'avoir pu lire deux lignes, il s'interrompit de nouveau pour dire :

— Cet enfant est à vous?

John lui fit un signe de tête gigantesque : réponse équivalante par son énergie à celle qu'aurait faite une trompette parlante.

— C'est une fille?

— Un ga-a-arçon, cria John.

— Il est aussi bien jeune, n'est-ce pas?

Mistress Peerybingle se hâta de répondre : — Deux mois et trois jours! Il a été vacciné il y a six semaines. La vaccine a bien pris Le docteur l'a trouvé un très bel enfant. Il est aussi gros que la plupart des enfants à cinq mois Voyez, s'il n'est pas étonnant de grosseur. Cela peut vous sembler impossible, mais il se tient déjà sur ses jambes.

Ici le souffle manqua à la petite mère, qui avait crié toutes ces sentences à l'oreille du vieillard, au point que son joli visage en était tout rouge; elle tenait le baby devant lui d'un air triomphant, tandis que Tilly Slowbody tournait autour de l'enfant en gambadant, lui disant des mots inintelligibles pour le faire rire.

— Ecoutez! on vient le chercher, j'en suis sûr, dit John. Il y a quelqu'un à la porte. Ouvrez, Tilly.

Avant qu'elle y arrivât, la porte fut ouverte par quelqu'un qui venait du dehors : c'était une porte primitive, avec un loquet que chacun pouvait tirer à volonté, et je vous assure que beaucoup de gens le tiraient; car les voisins de toutes conditions aimaient à causer un instant avec le voiturier, quoiqu'il ne fût pas grand parleur sur quelque sujet que ce fût. Quand la porte fut ouverte elle donna entrée à un homme petit, maigre, pensif, à l'air soucieux, qui semblait s'être taillé un paletot dans la toile d'emballage d'une vieille caisse; car lorsqu'il se retourna pour fermer la porte, pour empêcher le froid d'entrer, on lut en grosses capitales sur son dos les lettres G et T, et au-dessous *verres*, en lettres ordinaires.

— Bonsoir, John! dit le petit homme Bonsoir, Mum, bonsoir, Tilly. Bonsoir, l'inconnu. Comment va le baby, Mum? Boxer va bien aussi, j'espère?

— Tout va à merveille, Caleb. Vous n'avez qu'à voir l'enfant, d'abord, pour être sûr qu'il va bien.

— Je n'ai besoin aussi que de vous voir pour être sûr que vous allez bien, dit Caleb.

Cependant il ne la regardait pas, car il avait un regard pensif et incertain qui s'égarait sur tout autre objet que celui dont il parlait. On pouvait en dire autant de sa voix.

— J'en dirai autant de John, de Tilly et de Boxer.

— Vous avez été occupé jusqu'à présent, Caleb? dit le voiturier.

— Oui, à peu près, répondit-il avec l'air distrait d'un homme qui cherche la pierre philosophale. Un peu trop, peut-être. Les arches de Noé sont très demandées en ce moment. J'aurais voulu un peu perfectionner les gens de la famille, mais ce n'est guère possible au prix auquel il faut les donner. On aimerait à pouvoir distinguer Sem de Cham, et les hommes des femmes. Il ne faudrait pas faire les mouches si grosses en proportion des éléphants. A propos, John, avez-vous quelque paquet pour moi?

Le voiturier mit la main dans une des poches du surtout qu'il venait de quitter, et en tira un petit pot à fleurs.

— Le voilà, dit-il, avec le plus grand soin. Il n'y a pas une feuille d'endommagée. Il est plein de boutons.

L'œil terne de Caleb se ranima en le prenant, et il remercia John.

— C'est cher, Caleb, dit le voiturier. C'est très cher dans cette saison.

— N'importe, dit Caleb; quoi qu'il coûte, ce sera bon marché pour moi. Il n'y a pas autre chose?

— Une petite caisse, répondit le voiturier. La voici.

— Pour Caleb Plummer, lut le petit homme en épelant l'adresse. *With Cash*. Avec de l'argent? Je ne crois pas que ce soit pour moi.

— *With Care*, avec soin lut John, par-dessus l'épaule de Caleb. Où lisez-vous *Cash*?

— C'est juste! c'est juste! Ah! si mon cher enfant qui était en Amérique vivait, il aurait pu y avoir de l'argent. Vous l'aimiez comme votre fils, John, n'est-ce pas? Vous n'avez pas besoin de le dire; je le sais parfaitement. Caleb Plummer. With Care. Oui, oui, tout va bien. C'est une caisse d'yeux de poupées pour les ouvrages de ma fille. Plût à Dieu que ce fût de vrais yeux qui lui rendissent la vue!

— Je voudrais bien, moi aussi, que cela pût être, dit le voiturier.

— Merci, dit le petit homme. Vous dites cela de bon cœur. Penser qu'elle ne verra jamais ces poupées dont elle est entourée tout le jour! Voilà qui est poignant. Combien vous dois-je, John?

— Vous vous moquez, ce n'est pas la peine; je me fâcherai, si vous me le demandez encore.

— Je reconnais bien là votre bon cœur. Voyons, je crois que c'est tout.

— Je ne crois pas, dit le voiturier. Cherchons encore.

— Quelque chose pour notre marchand, sans doute, dit Caleb. C'est pour cela que je suis venu, mais ma tête est si occupée d'arches et d'autres choses! N'est-il pas venu?

— Non, répondit le voiturier. Il est trop occupé, il va se marier.

— Cependant il viendra, dit Caleb; car il m'a dit de suivre la route qui mène chez moi; il y aurait dix contre un à parier qu'il me rencontrerait. Je ferai donc bien de m'en aller. Auriez-vous la bonté, madame, de me laisser pincer la queue de Boxer un instant?

— Pourquoi donc, Caleb? belle demande!

— N'y faites pas attention, dit le petit homme; il est possible que cela ne lui plaise pas; mais j'ai reçu une petite commande de chiens jappants, et je voudrais essayer d'imiter la nature de mon mieux pour six pence. Voilà tout.

Heureusement, Boxer se mit à aboyer sans attendre le stimulant. Mais il annonçait l'approche d'un nouveau visiteur, Caleb renvoya son expérience à un meilleur moment, mit la boîte ronde sur son épaule, et se hâta de prendre congé. Il aurait pu s'en épargner la peine, car il rencontra le visiteur sur le pas de la porte.

— Oh! Vous êtes ici, vous? Attendez un moment je vous emmènerai chez moi. John Peerybingle, je vous présente mes devoirs. Je les présente à votre charmante femme. Elle embellit de jour en jour, et elle rajeunit, ce qui n'est pas le plus beau de l'histoire.

— Je serais surprise de votre compliment, M. Tackleton, dit Dot avec assez peu de bonne grâce, si je ne savais pas quelle en est la cause.

— Vous le savez donc?

— Je le crois, du moins, dit Dot.

— Ce n'a pas été sans peine, je suppose.

— C'est vrai.

Tackleton, le marchand de joujoux, connu sous le nom de Gruff et Tackleton, son ancienne raison de commerce quand il avait pour associé Gruff, Gruff le rébarbatif, Tackleton, était un homme dont la vocation avait été tout à fait incomprise de ses parents et de ses tuteurs. S'ils en avaient fait un prêteur d'argent, un procureur, un recors, il aurait jeté dans sa jeunesse sa gourme de mauvais sentiments, et après avoir fait beaucoup d'affaires louches, il aurait pu devenir aimable, ne fût-ce que par amour de la nouveauté et du changement. Mais rivé à la profession de fabricant de joujoux, il était devenu un ogre domestique, qui avait passé toute sa vie à s'occuper des enfants, et était leur implacable ennemi. Il méprisait tous les joujoux; il n'en aurait pas acheté pour tout au monde. Dans sa malice, il se plaisait à donner l'expression la plus grimaçante aux fermiers qui conduisaient les cochons au marché, au crieur public qui recherchait les consciences de procureurs perdues, aux vieilles femmes qui racommodaient des bas ou qui découpaient un pâté, et autres personnages qui composaient son fond de boutique; son esprit jouissait, quand il faisait des vampires, des diables à ressorts enfoncés dans une boîte, destinés à faire peur aux enfants. C'était son seul plaisir, et il se montrait grand dans ces inventions. C'était un délice pour lui que d'inventer un croquemitaine ou un sorcier. Il avait mangé de l'argent pour faire fabriquer des verres de lanterne magique où le démon était représenté sous la forme d'un homard à figure humaine. Il en avait aussi perdu à faire faire des géants hideux. Il n'était pas peintre, mais avec un morceau de craie il indiquait à ses artistes par un simple trait, le moyen d'enlaidir la physionomie de ces monstres, qui étaient capables de troubler l'imagination des enfants de dix à douze ans pendant toutes leurs vacances.

Ce qu'il était pour les joujoux, il l'était, comme la plupart des hommes, pour toutes les autres choses. Vous pouvez donc supposer aisément que la grande capote verte qui descendait jusqu'au mollet, et qui était boutonnée jusqu'au menton, enveloppait un compagnon fort peu agréable.

Et pourtant, Tackleton le marchand de joujous allait se marier; oui il allait se marier en dépit de tout cela, et il allait épouser une femme jeune et jolie.

Il n'avait pas du tout la mine d'un fiancé, dans la cuisine du voiturier, avec sa figure sèche, sa taille ficelée dans sa redingote, son chapeau rabattu sur le nez, ses mains fourrées au fond de ses poches, son œil ricaneur où semblait s'être concentrée toute la noirceur de nombre de corbeaux. Pourtant il allait se marier.

— Dans trois jours, jeudi prochain, le dernier jour du premier mois de l'année, ce sera mon jour de noce, dit Tackleton.

Ai-je dit qu'il avait toujours un œil grand ouvert, et l'autre presque fermé, et que l'œil presque fermé était le plus expressif? Je ne crois pas l'avoir dit.

— C'est mon jour de noce, dit Tackleton en faisant sonner son argent.

— C'est aussi le nôtre, s'écria le voiturier.

— Ha! ha! vraiment, dit Tackleton en riant. Vous faites précisément un couple pareil à nous.

L'indignation de Dot à cette assertion présomptueuse ne peut se décrire. Cet homme était fou.

— Ecoutez, dit Tackleton en poussant le voiturier du coude et le tirant un peu à l'écart, vous serez de la noce; nous sommes embarqués dans le même bateau.

— Comment, dans le même bateau! dit le voiturier.

— A peu de chose près, vous savez, dit Tackleton. Venez passer une soirée avec nous auparavant.

— Pourquoi? dit le voiturier étonné d'une hospitalité si pressante.

— Pourquoi? reprit l'autre, voilà une nouvelle manière de recevoir une invitation! Pourquoi? pour se récréer, pour être en société, vous savez, pour s'amuser.

— Je croyais que vous n'étiez pas toujours sociable, dit le voiturier avec sa franchise.

— Allons, dit Tackleton, je vois qu'il ne sert de rien d'être franc avec vous; c'est parce que votre femme et vous avez l'air d'être parfaitement bien ensemble. Vous comprenez...

— Non, je ne comprends pas, interrompit John, que voulez-vous dire ?

— Eh bien! dit Tackleton, comme vous avez l'air de faire très bon ménage, votre société fera un très bon effet sur mistress Tackleton. Et quoique je ne croie pas que votre femme me voie de très bon œil, elle ne peut s'empêcher d'entrer dans mes vues, car rien que son apparition avec vous fera l'effet que je désire. Dites-moi donc que vous viendrez.

— Nous nous sommes arrangés pour célébrer l'anniversaire de notre jour de noce chez nous, nous nous le sommes promis. Vous savez que le *chez soi*...

— Qu'est-ce que c'est que le *chez soi* ? s'écria Tackleton, quatre murs et un plafond. — Vous avez un grillon ? Pourquoi ne les tuez-vous pas ? je les tue, moi ; je déteste ce cri. — Il y a quatre murs et un plafond chez moi ; venez-y.

— Vous tuez vos grillons ? dit John.

— Je les écrase, répondit l'autre en frappant le sol du talon. Vous viendrez, n'est-ce pas ? C'est autant votre intérêt que le mien que les femmes se persuadent l'une à l'autre qu'elles sont contentes et qu'elles ne peuvent pas être mieux. Je les connais. Tout ce qu'une femme dit, une autre femme est aussitôt déterminée à le croire. Il y a entre elles un esprit d'émulation te, que, si votre femme dit : « Je suis la plus heureuse femme du monde, mon mari est le meilleur des maris, et je suis folle de lui, » ma femme dira la même chose de moi à la vôtre, et plus encore, elle le croira à moitié.

— Voudriez-vous dire qu'elle ne le pense pas ? demanda le voiturier.

— Qu'elle ne pense pas quoi ? s'écria Tackleton avec un rire sardonique.

Le voiturier avait envie d'ajouter : « Qu'elle n'est pas folle de vous, » mais en voyant son œil à demi fermé, et une physionomie si peu faite pour exciter l'affection, il dit : — Qu'elle ne le croit pas ?

— Ah ! vous plaisantez, dit Tackleton.

Mais le voiturier dont l'esprit était trop lent pour comprendre la signification de ses paroles, regarda Tackleton d'un air si sérieux, que celui-ci se crut obligé d'être un peu plus explicite.

— J'ai le goût d'épouser une femme jeune et jolie dit-il ; c'est mon goût et j'ai les moyens de le satisfaire. C'est mon caprice. Mais... regardez.

Tackleton montrait du doigt Dot assise devant le feu, le menton appuyé sur sa main, et regardant la flamme d'un air pensif. Les regards du voiturier se portèrent alternativement de sa femme sur Tackleton, et de Tackleton sur sa femme.

— Elle vous respecte et vous obéit, sans doute, dit Tackleton ; eh ! bien, comme je ne suis pas un homme à grands sentiments, cela me suffit. Mais croyez-vous qu'il n'y ait rien de plus en elle ?

— Je crois, répondit le voiturier, que si un homme me disait qu'il n'y a rien de plus, je le jetterais par la fenêtre.

— C'est bien cela, dit l'autre avec sa promptitude ordinaire. J'en suis sûr. Je ne doute pas que vous le feriez. J'en suis certain. Bonsoir. Je vous souhaite de bons rêves.

Le brave voiturier était abasourdi, et ces paroles l'avaient mis mal à l'aise, malgré lui. Il ne put s'empêcher de le montrer à sa manière.

— Bonsoir, mon cher ami, dit Tackleton d'un air de compassion. Je m'en vais. Je vois qu'en réalité nous sommes logés tous deux à la même enseigne. Ne viendrez-vous pas demain soir ? Bon ! Demain vous sortirez pour faire des visites. Je sais où vous irez, et j'y mènerai celle qui doit être ma femme. Cela lui fera du bien. Vous y consentez ? Merci. Qu'est-ce ?

C'était un grand cri poussé par la femme du voiturier, un cri aigu, perçant, qui fit retentir la cuisine. Elle s'était levée de sa chaise, et elle était debout en proie à la terreur et à la surprise.

— Dot ! cria le voiturier. Mary ! Darling ! Qu'est-ce qui est arrivé ?

Ils furent tous là dans un instant. Caleb, qui s'était appuyé sur la caisse de gâteau, n'avait repris qu'imparfaitement sa lucidité d'esprit en s'éveillant en sursaut, et saisit miss Slowbody par les cheveux; mais il lui en demanda pardon aussitôt.

— Mary! s'écria le voiturier en soutenant sa femme dans ses bras; vous trouvez-vous mal? Qu'avez-vous? dites-le moi, ma chère.

Elle ne répondit qu'en frappant ses mains l'une contre l'autre, et en partant d'un éclat de rire. Puis, se laissant glisser à terre, elle se couvrit le visage de son tablier, et se mit à pleurer à chaudes larmes. Ensuite, elle éclata encore de rire, après cela elle poussa des cris; enfin elle dit qu'elle se sentait froid, et elle se laissa ramener au près du feu. Le vieillard était debout comme auparavant tout à fait calme.

— Je suis mieux, John, dit-elle; je suis parfaitement remise; je...

Mais John était du côté opposé, et elle avait le visage tourné vers l'étrange vieillard, comme si elle s'a dressait à lui. Sa tête se dérangeait-elle?

— Ce n'est qu'une imagination, mon cher John... quelque chose qui m'a passé tout à coup devant les yeux; je ne sais ce que c'était. Cela est passé, tout à fait passé.

— Je suis charmé que ce soit passé, dit Tackleton, en jetant un regard expressif autour de la cuisine. Mais qu'est-ce que ce pouvait être? Caleb, quel est cet homme à cheveux gris?

— Je ne le connais pas, monsieur, répondit Caleb tout bas. Je ne l'ai jamais vu de ma vie. Une bonne figure pour un casse-noisette; tout à fait un nouveau modèle. En lui faisant une mâchoire inférieure qui pendrait jusque sur son gilet, il serait très original.

— Il n'est pas assez laid, dit Tackleton.

— Ou bien pour un serre-allumettes, continua Caleb absorbé dans ses réflexions. Quel modèle! On lui ouvrirait la tête pour lui mettre des allumettes, et on lui tournerait les talons en l'air pour les y frotter. Cela ferait très bien sur une cheminée de bonne maison.

— Ce n'est pas assez laid, dit M. Tackleton. Allons Caleb, venez avec moi et portez-moi cette boîte J'espère que vous allez bien maintenant, mistress Peerybingle?

— Oh! tout est passé, répondit la petite femme, en faisant un geste comme pour le repousser. Bonsoir.

— Bonsoir, madame; bonsoir, John Peerybingle. Caleb, prenez garde à la boîte. Je vous tuerais, si vous la laissiez tomber. Que la nuit est noire! et comme le temps est devenu encore plus mauvais! Bonsoir.

Et il partit, après avoir jeté un dernier regard tout

autour de la cuisine. Caleb le suivit, en portant le gâteau de mariage sur sa tête.

Le voiturier avait été tellement mis hors de lui par le cri de sa femme, et dans son inquiétude il avait été tellement absorbé par les soins qu'il lui donnait, qu'il avait presque oublié l'étranger, qui se trouvait maintenant la seule personne qui ne fût pas de la maison.

John dit à Dot : — Vous voyez que ni M. Tackleton, ni Caleb ne l'ont réclamé. Il faut que je lui fasse savoir qu'il est temps de s'en aller.

Au même instant, l'étranger s'avançant vers lui, lui dit : — Pardon, mon ami, je crains que votre femme n'ait été indisposée. Je regrette de vous donner de l'embarras, mais ne voyant pas arriver le serviteur que mon infirmité me rend indispensable, je redoute quelque méprise. Le temps, qui m'a rendu si utile l'abri de votre voiture, continue à être mauvais. Seriez-vous assez bon pour me faire dresser un lit ici ?

La pantomime de l'étranger, qui avait montré ses oreilles en parlant de son infirmité, avait donné plus de force à ses paroles.

— Oui, certainement, répondit Dot avec empressement.

— Oh! dit le voiturier surpris de la promptitude avec laquelle ce consentement avait été donné. Bien !

je n'ai rien à objecter; mais cependant je ne suis pas sûr que...

— Chut, mon cher John, interrompit-elle.

— Bah! il est sourd comme une pierre, reprit John.

— Je le sais, mais... Oui, monsieur. Oui, certainement. Je vais lui dresser un lit tout de suite, John.

Comme elle courait pour exécuter cette promesse, le trouble de son esprit et l'agitation de ses manières étaient si étranges, que le voiturier la regarda tout ébahi.

— Les mamans vont donc faire les lits! dit miss Slowbody au baby avec ses pluriels absurdes; ses cheveux tomberont tout ébouriffés quand elles ôteront les bonnets, et les bonnes amies assises auprès du feu auront peur.

Avec cette attention à des bagatelles qu'accompagne souvent l'inquiétude d'esprit, le voiturier tout en se promenant de long en large, répéta maintefois mentalement ces paroles absurdes. Il les répéta si souvent qu'il les apprit par cœur, et il les récitait comme une leçon, lorsque Tilly Slowbody, après avoir frictionné avec la main la tête de l'enfant, lui rattacha son bonnet.

— Nos chères amies assises au coin du feu ont eu peur. Qu'est-ce qui a donc pu faire peur à Dot? je ne puis me le figurer, murmurait le voiturier en allant et venant dans la cuisine.

Il se rappelait les insinuations du marchand de joujoux, et elles remplissaient son cœur d'un malaise vague et indéfinissable. En vain il cherchait à bannir ce souvenir, mais M. Tackleton était un esprit vif et rusé, tandis que le voiturier ne pouvait s'empêcher de reconnaître qu'il n'était lui-même qu'un homme à conception lente, pour qui une indication incomplète ou interrompue était une vrai torture. Ce n'était pas qu'il voulût rattacher la conduite si extraordinaire de sa femme à aucune des paroles de M. Tackleton, mais ces deux choses sans relation apparente entre elles, ne cessaient pas de se représenter à son esprit d'une manière inséparable.

Le lit fut bientôt prêt ; et l'étranger, refusant tout autre rafraîchissement qu'une tasse de thé, se retira. Alors Dot, tout à fait remise, dit-elle, arrangea pour son mari la grande chaise au coin de la cheminée, chargea sa pipe et la lui remit, et s'assit à côté de lui sur son tabouret placé comme d'habitude sur le foyer.

Elle aimait bien ce tabouret, dit-elle, elle aurait toujours voulu y être assise sur ce petit tabouret mignon qu'elle préférait à tout autre siége.

Elle était la femme du monde la plus capable de charger une pipe. Il y avait du plaisir à la voir introduire ses jolis doigts dans le fourneau, souffler dans le tuyau pour le nettoyer, et puis y souffler encore une douzaine de fois, comme si elle ne savait qu'il n'y avait plus rien à en faire sortir, le mettre devant son œil comme une lunette d'approche, et regarder au travers avec mignardise. Elle déployait un vrai talent à bourrer les fourneaux de tabac; et elle mettait de l'art, oui vraiment, de l'art, lorsque le voiturier avait mis la pipe à la bouche, à mettre le feu au tabac avec un papier allumé, sans jamais brûler le nez de son mari, quoiqu'elle en approchât de fort près.

Le Grillon et la Bouilloire, se remettant à chanter, reconnaissaient aussi cet art. Le feu, qui brillait d'un nouvel éclat le reconnaissait. Le petit faucheur de la pendule, dont le travail n'attirait l'attention de personne, le reconnaissait. Et celui qui le reconnaissait le mieux c'était le voiturier, dont le visage s'épanouissait au milieu du tourbillon de fumée.

Pendant qu'il fumait sa vieille pipe d'un air calme et pensif, pendant que la pendule tintait, que le feu brillait, et que le Grillon chantait, ce génie du foyer et de la maison — car tel était le Grillon — sortit sous une forme de fée, et évoqua autour de lui des images nombreuses, des souvenirs domestiques. Des Dots de tous les âges remplirent la chambre. Des Dots qui n'étaient que des enfants, courant devant lui, cueillant des fleurs dans les prés, des Dots timides, fuyant à demi et cédant à demi, à son image un peu lourde; des Dots mariées faisant leur entrée dans la maison et prenant possession des clés d'un air de triomphe; des Dots récemment mères, suivies de Slowbodys imaginaires portant des enfants au baptême; des Dots plus âgées, mais toujours charmantes regardant danser des jeunes Dots leurs filles dans un bal rustique, des Dots ayant pris de l'embonpoint et entourées de leurs petits enfants; des Dots décrépites, marchant en chancelant, appuyées sur des bâtons. De vieux voituriers lui apparurent aussi avec de vieux chiens Boxers couchés à leurs pieds; de nouvelles voitures conduites par de nouveaux voituriers — les frères Peerybingle, lisait-on sur les plaques; — de vieux voituriers malades, soignés par les plus gentilles mains, et enfin des tombes de vieux voituriers dans la verdure du cimetière. Et comme le Grillon lui montrait toutes ces choses — il les voyait distinctement, quoiqu'il eût les yeux fixés sur le feu, — le cœur du voiturier se dilatait de joie et il remerciait de tout son pouvoir les dieux de la maison, et ne pensait pas plus que vous à Gruff et Tackleton.

Mais quelle est cette figure de jeune homme que le Grillon-fée lui montrait si près du tabouret de Dot. Pourquoi se tenait-il là, tout seul, le bras sur le manteau de la cheminée, répétant toujours : « Mariée et pas avec moi ! »

Oh Dot ! il n'y a plus de place pour cette vision dans toutes celles de votre mari ; pourquoi cette ombre est-elle tombée sur mon cœur !

CHAPITRE II.

Second Cri.

Caleb Plummer et sa fille aveugle habitaient seuls ensemble, comme disent les livres de contes. — Je bénis ces livres, et j'espère que vous les bénirez comme moi de ce qu'ils racontent quelque chose de ce monde prosaïque. Caleb Plummer et sa fille aveugle habitaient seuls ensemble, dans une petite barraque en bois, appuyée contre la maison de Gruff et Tackleton, qui faisait l'effet d'une verrue sur un nez. La maison de *Gruff et Tackleton* était celle qui faisait le plus de figure dans toute la rue, tandis que vous auriez démoli en deux coups de marteau toute la barraque de Caleb, et vous en auriez emporté tous les débris sur une seule voiture.

Si quelqu'un avait arrêté ses yeux pour honorer

d'un regard la place de la masure de Caleb Plummer, ce n'aurait été sans doute, que pour en approuver la démolition pour cause d'embellissement de la rue; car elle faisait sur la maison de Gruff et Tackleton l'effet d'une excroissance, telle qu'une verrue sur un nez, un coquillage sur la carène d'un navire, un clou sur une porte, un champignon sur la tige d'un arbre. Mais c'était de ce germe qu'était sorti le tronc superbe de Gruff et Tackleton. Sous ce toit crevassé, l'avant-dernier Gruff avait commencé, sur une petite échelle, la fabrique de joujoux pour des garçons et des filles, maintenant devenus vieux, qui en avaient joué, qui les avaient brisés et qui avaient été dormir.

J'ai dit que Caleb et sa pauvre fille aveugle habitaient là, mais j'aurais dû dire que Caleb habitait là et que sa fille habitait ailleurs; elle habitait une demeure enchantée par le talent de Caleb, où la pauvreté, le dénûment et les soucis ne pénétraient jamais. Caleb n'était pas sorcier, mais il possédait le seul art magique réservé aux hommes : la magie du dévouement, et l'amour sans bornes. La nature avait été sa seule maîtresse, et lui avait enseigné à produire tous ses enchantements.

La fille aveugle n'avait jamais su que le plafond était sale, les murs décrépits et lézardés, et laissant à l'air des passages de plus en plus nombreux; que les solives vermoulues étaient prêtes à s'effondrer; que la rouille mangeait le fer, la pourriture le bois, et la moisissure le papier; enfin que le délabrement de la masure s'aggravait chaque jour. Elle ne sut jamais que la table à manger ne portait qu'une vaisselle ébréchée, que le découragement et les chagrins attristaient la maison, ce que les cheveux de son père blanchissaient à vue d'œil. Elle ne sut jamais qu'ils avaient un maître froid, exigeant et intéressé; elle ne sut jamais en un mot que Tackleton était Tackleton, mais elle vivait dans la croyance que dans son humeur excentrique il aimait à plaisanter avec eux, et, qu'étant leur ange gardien, il dédaignait de leur dire une parole de remercîment.

Tout cela était l'œuvre de Caleb, l'œuvre de son brave homme de père! Mais il avait aussi un Grillon dans son foyer; et pendant qu'il écoutait avec tristesse sa musique, au temps que sa pauvre aveugle sans mère était jeune, cet esprit lui inspira la pensée que cette funeste privation de la vue pourrait être changée en bonheur, et que sa fille pourrait être rendue heureuse par ces petits moyens. Car tous les êtres de la tribu des grillons sont de puissants esprits, quoique ceux qui conversent avec eux ne le sachent pas le plus souvent, et il n'y a pas, dans le monde invisible, de voix plus aimables et plus vraies, sur lesquelles on puisse mieux compter, et qui donnent des conseils plus affectueux, que les voix du foyer et du coin du feu, quand elles s'adressent à l'espèce humaine.

Caleb et sa fille étaient ensemble à l'ouvrage dans leur chambre d'habitude, qui leur servait à tous les usages de la vie, et c'était une étrange pièce. Il y avait là des maisons à divers degrés de construction pour des poupées de toutes les conditions ; des maisons modestes pour les poupées de fortune médiocre, des maisons avec une chambre et une cuisine seulement pour les poupées de basse classe, des maisons somptueuses pour les poupées du grand monde. Plusieurs de ces maisons étaient meublées d'une manière analogue à leur destination ; d'autres pouvaient l'être sur un simple avis et il ne fallait pas aller loin pour trouver des meubles. Les personnages de tout rang à qui ces maisons étaient destinées étaient là couchés dans des corbeilles, les yeux fixés au plafond. Ils n'y étaient pas pêle-mêle, mais réunis d'après leur rang, et les distinctions sociales y étaient encore plus marquées que dans le monde réel, où elles se trouvent beaucoup plus dans le vêtement que dans le corps, et où souvent un corps qui serait fait pour une classe élevée n'est couvert que d'un vêtement appartenant à la classe la plus humble. Ici la noblesse avait des bras et des jambes de cire, la bourgeoisie n'avait les membres qu'en peau, et le peuple qu'en bois.

Outre les poupées, il y avait bien d'autres échantillons du talent de Caleb Plummer dans sa chambre Il y avait des arches de Noé, où les animaux étaient entassés de manière à tenir le moins de place possible, et à supporter des secousses sans se casser. La plupart de ses arches de Noé avaient un marteau sur la porte, appendice peu naturel, mais qui ajoutait un ornement gracieux à l'édifice. On y voyait des vingtaines de petites voitures, dont les roues, quand elles tournaient, faisaient entendre une musique plaintive. On y voyait de petits violons, de petits tambours et autres instruments de torture pour les oreilles des grandes personnes, tout un arsenal de canons, de fusils, de sabres et de lances. On y voyait de petits saltimbanques en culottes rouges, franchissant des obstacles en ficelle rouge, et descendant de l'autre côté, la tête en bas et les pieds en l'air. On y voyait des vieux à barbes grises, sautant comme des fous par dessus des barrières horizontales, placées exprès en travers de la porte de leurs maisons. On y voyait des animaux de toute espèce et des chevaux de toutes les races, depuis le grison juché sur quatre chevilles plantées dans son corps en guise de jambes, jusqu'au magnifique cheval de course prêt à gagner le prix du roi au grand Derby. Il aurait été difficile de compter les nombreuses douzaines de figures grotesques qui étaient toujours prêtes à commettre toute espèce d'absurdités à la première impulsion d'une manivelle, de sorte qu'il n'aurait pas été aisé de citer une folie, un vice, une faiblesse, qui n'eût pas son type exact ou approchant dans la chambre de Caleb Plummer. Et ce n'était pas sous une forme exagérée, car il ne faut pas de fortes manivelles pour pousser les hommes et les femmes à faire des actes aussi étranges que jamais jouet d'enfant a pu en exécuter.

Au milieu de tous ces objets, Caleb et sa fille étaient

assis et travaillaient. La jeune aveugle habillait une poupée, et Caleb peignait et vernissait la façade d'une charmante petite maison.

L'air soucieux imprimé sur les traits de Caleb, sa physionomie rêveuse et absorbée qui aurait convenu à un alchimiste où à un savant profond, faisaient au premier abord un contraste frappant avec la trivialité de son occupation. Mais les choses triviales, que l'on fait pour avoir du pain, deviennent au fond des choses sérieuses; et je ne saurais dire, Caleb eût-il été lord chambellan, ou membre du parlement, ou avocat, ou grand spéculateur, s'il aurait passé son temps à faire des choses moins bizarres, tandis que je doute fort qu'elles eussent été moins innocentes.

— Vous avez donc été à la pluie hier soir, père, avec votre belle redingote neuve? lui dit sa fille.

— Avec ma belle redingote neuve? répondit Caleb, en jetant sur la corde où séchait suspendue la vieille souquenille de toile d'emballage que nous avons décrite.

— Que je suis heureuse que vous l'ayez achetée, père.

— Et à un tel tailleur, encore, dit Caleb. Le tailleur le plus à la mode. Elle est trop belle pour moi.

La jeune aveugle quitta son ouvrage et se mit à rire avec bonheur.

— Trop belle, père! Qu'est-ce qui peut être trop beau pour vous?

— Je suis presque honteux de la porter, dit Caleb en voyant l'effet de ses paroles sur le visage épanoui de sa fille ; lorsque j'entends les enfants et les gens dire derrière moi : oh ! c'est un élégant ! je ne sais plus de quel côté regarder. Et ce mendiant qui ne voulait pas s'en aller hier au soir ; il ne voulait pas me croire quand je l'assurais que j'étais un homme du commun. Non, Votre Honneur, m'a-t-il dit, que Votre Honneur ne me dise pas cela ! J'en ai été tout confus et il me semblait que je ne devais pas porter un habit aussi beau.

Heureuse aveugle quelle joie elle avait dans son cœur !

— Je vous vois, père, dit-elle en frappant des mains, je vous vois aussi distinctement que si j'avais ces yeux que je ne regrette jamais quand vous êtes à mes côtés. Un drap bleu !

— D'un beau bleu, dit Caleb.

— Oui, oui, d'un bleu éclatant ! s'écria la jeune aveugle en tournant sa figure radieuse, la couleur que je me rappelle avoir vue dans la félicité du ciel ! Vous m'avez dit tout à l'heure que c'était un bel habit bleu.....

— Et bien fait pour la taille, dit Caleb.

— Oui, bien fait pour la taille ! s'écria la jeune aveugle en riant de bon cœur ; je vous vois, mon cher père, avec vos beaux yeux, votre jeune figure, votre démarche leste, vos cheveux noirs, votre air jeune et gracieux.

— Allons, allons, dit Caleb, vous allez me rendre fier, maintenant.

— Je crois que vous l'êtes déjà, s'écria-t-elle en le montrant du doigt, je vous connais mon père; ah! ah! je vous ai deviné!

Quelle différence entre le portrait qu'elle s'en faisait dans son imagination et le vrai Caleb. Elle avait parlé de sa marche dégagée; en cela elle ne s'était pas trompée. Depuis de nombreuses années déjà, il n'était jamais entré dans sa maison de son pas naturel et traînant, mais il l'avait contrefait pour tromper les oreilles de sa fille, et les jours même où il était le plus triste et le plus découragé, il n'avait jamais voulu attrister le cœur de son enfant, et avait toujours passé le seuil de la porte d'un pas léger.

Dieu le savait! mais je pense que le regard vague et l'air égaré de Caleb devaient provenir de cette confusion qu'il avait faite à dessein de toutes les choses qui l'entouraient, pour l'amour de sa fille aveugle. Comment le pauvre homme n'aurait-il pas été un peu égaré après avoir détruit sa propre identité et celle de tous les objets qui l'entouraient.

— Allons, tout cela, dit Caleb, en se levant un moment après s'être remis au travail et en reculant de deux pas pour mieux se rendre compte de la perspective, tout cela est aussi exact que six fois deux liards peuvent faire six sous. C'est dommage que la maison vous présente une façade de tous les côtés, si au moins il s'y trouvait un escalier pour pouvoir circuler dans les divers appartements; mais voilà que je me fais encore illusion et que je crois à la réalité de tout cela; c'est le mauvais côté de mon métier.

— Vous parlez tout à fait bas, mon père, seriez-vous fatigué?

— Fatigué s'écria Caleb avec beaucoup d'animation; qu'est-ce qui pourrait me fatiguer, Berthe? Je ne fus jamais fatigué. Que voulez-vous dire?

Pour donner une plus grande force à ces paroles, Caleb, bien sans le vouloir, s'était mis à imiter deux bonshommes qui se trouvaient sur la cheminée, et qui s'étiraient les bras en bâillant, puis il se mit à fredonner un fragment de refrain. C'était une chanson bachique qui fit encore un plus grand contraste avec sa figure naturellement maigre et triste.

— Comment! je vous trouve en train de chanter, dit M. Tackleton en arrivant et montrant sa tête entre la porte. Cela va bien, chantez; je ne chante pas, moi!

Personne, certes, ne l'aurait soupçonné de chanter, et il n'avait pas une figure qui en eût le moins du monde l'air.

— Je ne pourrais chanter, non, continua M. Tackleton. Je suis charmé que vous le puissiez, vous; j'espère que vous pouvez travailler également. Vous avez du temps de reste pour travailler et pour chanter, il paraît.

— Si vous pouviez seulement le voir, Berthe, murmura Caleb à l'oreille de sa fille, quel homme joyeux! vous croiriez qu'il vous parle sérieusement, si vous ne le connaissiez aussi bien que moi.

La jeune aveugle sourit en remuant la tête en signe d'assentiment.

— On dit qu'il faut s'appliquer à faire chanter l'oiseau qui ne chante pas, grommela M. Tackleton. Mais lorsque le hibou qui ne sait pas et qui ne doit pas chanter veut chanter, que doit-on faire?

— Si vous pouviez le voir en ce moment, dit Caleb à sa fille encore plus doucement, oh! qu'il est gracieux!

— Vous êtes donc toujours agréable et gai avec nous, s'écria Berthe en souriant.

— Ah! vous voilà, vous? répondit Tackleton. Pauvre idiote!

Il s'était mis réellement dans la tête qu'elle était idiote, et se fondait peut-être dans cette opinion sur la gaieté et l'affection qu'on lui témoignait.

— Bien! vous êtes là; comment allez-vous? lui dit Tackleton de sa voix brusque.

— Oh! bien, complètement bien. Je suis si heureuse quand vous venez me voir. Je vous souhaite autant de bonheur que vous voudriez que les autres en eûssent, si c'est possible.

— Pauvre idiote, murmura Tackleton, pas un rayon, pas une lueur de raison!

La jeune aveugle prit sa main et la baisa, elle la garda un moment entre les siennes et y appuya tendrement une de ses joues avant de l'abandonner. Il y avait une telle affection et une si grande reconnaissance dans cet acte, que Tackleton lui-même fut ému de le voir, et lui dit plus doucement que d'habitude :

— Quelles affaires avons-nous maintenant?

— Je l'ai enfermé sous mon oreiller en allant me coucher hier au soir, dit Berthe, et je me le suis rappelé en rêvant. Et lorsque le jour est venu, et l'éclatant soleil *rouge*, le soleil *rouge*, père?

— Rouge le matin comme le soir, Berthe, répliqua le pauvre Caleb, en levant un triste regard vers celui qui le faisait travailler.

— Quand il est venu, quand j'ai senti dans la chambre cette chaleur et cette lumière, il m'a semblé que j'allais m'y heurter en marchant, alors j'ai tourné vers lui le petit arbuste en remerciant Dieu qui a fait des choses aussi précieuses, et en vous remerciant vous qui me les avez envoyées pour m'être agréable.

— Aussi folle qu'une échappée de Bedlam! dit Tackleton entre ses dents. Nous allons être forcés d'en venir aux menottes et aux camisoles de force. Ce ne sera pas long.

Caleb, les mains croisées et pendantes, regardait fixement celle qui venait de parler, et se demandait si réellement — il doutait de cela! — Tackleton avait fait quelque chose pour mériter ces remerciments. Il eût été très difficile à Caleb de décider en ce moment, fût-il menacé de mort, s'il devait tomber aux genoux du marchand de joujoux, ou le chasser de chez lui à grands coups de pied. Caleb savait bien cependant que c'était lui qui avait apporté à sa fille le petit rosier, et que c'était lui qui avait inventé l'innocente déception qui avait empêché Berthe de se douter de toutes les choses dont il se privait chaque jour afin de la rendre moins malheureuse.

— Berthe, dit Tackleton, affectant pour une fois un peu de cordialité ! venez ici.

— Oh ! je puis aller droit à vous, sans que vous ayez besoin de me guider, répondit-elle.

— Vous dirai-je un secret, Berthe ?

— Si vous le voulez, répondit-elle avec empressement.

Comme il s'illumina ce visage obscurci ! comme cette figure devint joyeuse et attentive !

— C'est bien aujourd'hui que cette petite..... comment est son nom, cette enfant gâtée, la femme de Peerybingle, vous fait sa visite habituelle, c'est bien ce soir, n'est-ce pas ? dit Tackleton avec une expression de répugnance pour la chose dont il parlait.

— Oui, répondit Berthe. C'est bien aujourd'hui.

— Je le savais dit Tackleton. Je désirerais me joindre à votre partie.

— Avez-vous entendu cela, père! s'écria la jeune aveugle avec transport.

— Oui, oui, je l'ai entendu, murmura Caleb avec le regard fixe d'un somnambule, mais je ne le crois pas. C'est un de mes mensonges, sans aucun doute.

— Voyez-vous, je voudrais réunir dans votre société les Peerybingle avec May Fielding, dit Tackleton. Je fais des démarches pour me marier avec May.

— Vous marier! s'écria la jeune aveugle en tressaillant devant lui.

— Elle est tellement idiote, murmura Tackleton, que je ne m'attendais pas à ce qu'elle me comprît. Oui, Berthe, me marier! l'église, le prêtre, le clerc, le bedeau, la voiture à glaces, les cloches, le repas, le gâteau de mariage, les rubans, les os à moëlle, les couteaux, et tout le reste de ces folies. Une noce, vous savez; une noce, ne savez-vous pas ce que c'est qu'une noce?

— Je le sais, répondit doucement la jeune aveugle, je comprends.

— Vraiment? murmura Tackleton. C'est plus que ce que j'attendais. Bien! c'est pour cette raison que je veux faire partie de votre réunion, et y amener May ainsi que sa mère. Je vous enverrai pour ce soir quelque petite chose, un gigot de mouton ou quelque autre plat confortable. Vous m'attendrez?

— Oui, répondit-elle.

Elle avait laissé tomber sa tête et s'était retournée ; et elle demeurait, les mains croisées, rêveuse.

— Je pense que vous m'avez bien compris dit Tackleton en s'adressant à elle ; car vous semblez avoir oublié ce que je vous ai dit... Caleb !

— Je me hasarderai à dire que je suis ici, je suppose, pensa Caleb... Monsieur !

— Ayez soin qu'elle n'oublie pas ce que je lui ai dit.

— Elle n'oublie jamais, répondit Caleb. C'est une des qualités qui sont parfaites chez elle.

— Chaque homme s'imagine que les oies qui lui appartiennent sont des cygnes, observa le marchand de joujoux en haussant les épaules ! Pauvre diable !

S'étant délivré lui-même de cette remarque avec un mépris infini, le vieux Gruffe et Tackleton sortit.

Berthe resta où il l'avait laissée, perdue dans ses réflexions. La gaîté s'était évanouie de son visage baissé, et elle était bien triste. Trois ou quatre fois elle secoua la tête, comme si elle regrettait quelque souvenir ou quelque perte ; mais ses tristes réflexions ne se révélèrent par aucune parole.

Caleb avait été occupé pendant ce temps à joindre le timon des chevaux à un wagon par un procédé sommaire, en clouant le harnais dans les parties vives de leurs corps, lorsqu'elle se dressa tout à coup de sa chaise, et venant s'asseoir près de lui, elle lui dit :

— Mon père, je suis dans la solitude des ténèbres. J'ai besoin de mes yeux, mes yeux patients et pleins de bonne volonté.

— Voici vos yeux, dit Caleb, ils sont toujours prêts; ils sont plus à vous qu'à moi, Berthe, et à chaque heure des vingt-quatre heures. Que voulez-vous faire de vos yeux, ma chère?

— Regardez autour de la chambre, mon père.

— C'est fait, dit Caleb. Vous n'avez pas plutôt parlé que c'est fait, Berthe.

— Dites-moi ce que vous voyez ici autour.

— Tout est la même chose qu'à l'ordinaire, dit Caleb, grossier mais bien conditionné : de gaies couleurs sur les murs, de brillantes fleurs sur les plats et les assiettes, des bois polis, des poutres et des panneaux luisants, la maison respire partout l'enjouement et la gaîté, et est vraiment fort gentille.

Elle était agréable et gaie partout où les mains de Berthe avaient l'habitude et pouvaient atteindre. Mais il n'en était pas ainsi des autres endroits, ils n'étaient nullement gais ni agréables, il n'était pas possible de le dire, quoique ils eussent été si bien transformés par Caleb.

— Vous avez votre habit de travail, et vous n'êtes pas si élégant qu'avec le bel habit bleu, dit Berthe en touchant son père.

— Non, pas si élégant répondit Caleb; mais assez joli, cependant.

— Mon père, dit la jeune aveugle en se rapprochant tout à fait de lui et passant un de ses bras autour de son cou, dites-moi quelque chose de May; elle était bien jolie, n'est-ce pas !

— Elle était, certes, dit Caleb, vraiment jolie. Et c'était une chose tout à fait rare pour lui cette fois de ne pas avoir besoin de recourir à ses inventions habituelles.

— Ses cheveux sont noirs, dit Berthe pensivement, plus noirs que les miens. Sa voix est douce et pleine d'harmonie, je m'imagine. J'ai souvent aimé à l'entendre. Sa taille.....

— Il n'y a pas une seule poupée dans la salle qui puisse l'égaler, dit Caleb, et ses yeux...

Il s'arrêta, car Berthe avait resserré encore plus ses bras autour de son cou, et il ne comprit que trop bien ce pressant avertissement.

Il toussa un moment, il hésita un moment, et se mit à entonner sa chanson à boire, sa ressource infaillible dans les moments difficiles.

— Notre ami ? mon père ? notre bienfaiteur. Et je ne suis jamais fatiguée de savoir ce qui le concerne. En ai-je jamais été fatiguée ? dit-elle rapidement.

— Non, certainement, répondit Caleb, et avec raison.

— Ah ! avec tant de raison ! s'écria la jeune aveugle d'un ton si ardent, que Caleb, quoique ses motifs fussent si purs, n'eut pas le courage de la regarder en face, mais baissa les yeux comme si elle avait pu s'apercevoir de son innocente tromperie.

— Alors, parlez-moi encore de lui, mon cher père, dit Berthe. Parlez-m'en souvent. Sa figure est bienveillante, bonne et tendre. Elle est honnête et vraie, j'en suis sûre. Ce cœur généreux, qui dissimule tous ses bienfaits sous une apparence de répugnance et de rudesse, se trahit dans ses regards, sans doute?

— Et lui donne un air noble, ajouta Caleb dans son désespoir tranquille.

— Et lui donne l'air noble, s'écria la jeune aveugle. Il est plus âgé que May, père?

— Oui, dit Caleb en hésitant et comme malgré lui. Oui, il est un peu plus âgé que May, mais cela ne signifie rien.

— O mon père, oui. Etre sa compagne patiente dans les infirmités de son âge; être sa garde-malade agréable dans ses maladies, et son amie constante dans ses souffrances et dans ses chagrins; ne pas connaître la fatigue quand on travaille pour l'amour de lui, le veiller, le soigner, s'asseoir auprès de son lit, et faire la conversation avec lui à son réveil, et prier pour lui pendant son sommeil, quels priviléges elle aura! quelles occasions de lui prouver sa fidélité et son dévouement! Fera-t-elle tout cela, mon cher père?

— Je n'en doute point, dit Caleb.

— J'aime May, mon père; je puis l'aimer du fond de mon âme! s'écria la jeune aveugle. Et en disant ces paroles, elle approcha du visage de Caleb sa pauvre figure privée de lumière, et pleura tellement que celui-ci fut presque fâché de lui avoir procuré ce bonheur plein de larmes.

Pendant ce temps, il y avait eu chez John Peerybingle une assez notable commotion, car naturellement la petite mistress Peerybingle ne voulait pas aller dehors sans avoir avec elle le baby; et mettre le baby en état de sortir prenait du temps. Non pas que ce fût beaucoup de chose que le baby comme poids, mais avant d'avoir tout préparé pour lui, cela n'en finissait point, et il n'était pas utile de se presser. Par exemple : lorsque le baby fut habillé et crocheté jusqu'à un certain point, et que vous auriez pu raisonnablement supposer qu'il manquait une touche ou deux pour achever sa toilette, et en faire un baby présentable à tout le monde, il fut inopinément coiffé d'un bonnet de flanelle et porté au berceau; alors il sommeilla entre deux couvertures pendant la plus grande partie d'une heure. De cet état d'inaction il fut ramené tout à fait resplendissant, et rugissant violemment pour avoir sa part — s'il est permis de m'exprimer ainsi qu'on le fait généralement d'un léger repas. Après cela, il alla dormir de nouveau. Mistress Peerybingle mit à profit cet intervalle pour se faire aussi belle que chacun de vous peut penser qu'une jeune femme puisse le faire, et pendant cette courte trêve, miss Slowbody s'insinua elle-même dans un spencer d'une confection si surprenante et si ingénieuse qu'il ne semblait avoir été fait ni pour elle, ni pour aucune autre personne de l'univers, et qui pouvait poursuivre sa course solitaire sans attirer le moindre regard de personne. Pendant ce temps le baby bien éveillé était paré, par les efforts réunis de mistress Peerybingle et de miss Slowbody, d'un manteau couleur de lait pour son corps et d'une espèce de bonnet nankin; ce ne fut qu'alors que tous trois sortirent; le vieux cheval pendant une heure s'était occupé à creuser et dégrader la route de ses impatients autographes pour la valeur du droit à payer à la barrière, et par la même raison Boxer se montrait dans une lointaine perspective attendant immobile et jetant un regard en arrière sur le cheval comme s'il voulait le tenter de prendre la même route que lui et de partir sans ordre.

Quant à une chaise ou à tout autre espèce d'aide pour placer mistress Peerybingle dans la voiture, vous connaissez vraiment peu John, je m'en flatte, si vous croyez que cela lui fut nécessaire. Avant que vous ayez eu le temps de le regarder, il l'enleva de terre et elle se trouva à sa place, fraîche et rose, qui lui disait : John! comment pouvez-vous! pensez à Tilly!

Si je pouvais me permettre de mentionner les jambes d'une jeune personne, pour un motif quelconque, je vous ferais observer que celles de miss Slowbody semblaient destinées à la singulière fatalité d'être constamment heurtées, et il leur était impossible d'effectuer la moindre montée ou descente sans s'en rappeler la circonstance par une entaille, de même que Robinson Crusoé marquait les jours sur son calendrier de bois. Mais de peur d'être considéré comme impoli je garde le reste de mes pensées pour moi.

— John, avez-vous pris le panier où se trouvent le veau et le pâté et les autres choses; et les bouteilles de bière? dit Dot. Si vous les avez oubliés, il faut les aller chercher à la minute.

— Vous êtes une délicate petite femme, répondit le voiturier, de me dire de retourner après m'avoir fait perdre un quart-d'heure de mon temps.

— Je suis fâchée de cela, John, dit Dot avec embarras, mais je ne saurais penser à rendre visite à Berthe, je n'irai jamais, John, pour aucune raison, sans le pâté au veau et au jambon, et les autres choses et les bouteilles de bière. — Way!

Ce monosyllabe s'adressait au cheval, qui n'y faisait aucune attention.

— Oh! arrêtez Way, John! dit mistress Peerybingle, s'il vous plait!

— Il sera bien temps de l'arrêter, répliqua John, lorsque j'aurai oublié quelque chose. Le panier est là, et suffisamment en sûreté.

— Quel monstre vous êtes, John, de ne me l'avoir pas dit, et en me sachant si inquiète! Je déclare que je n'irais jamais chez Berthe sans le pâté au veau et au jambon, les autres choses et les bouteilles de biere, pour rien au monde. Régulièrement tous les quinze jours depuis que nous sommes mariés, John, nous y avons fait notre petit pique-nique. Si une seule chose devait aller mal dans cette partie, je crois que nous ne serions plus jamais heureux.

— C'est une pensée de la première importance, dit le voiturier, et je vous honore pour cela, petite femme.

— Mon cher John, répliqua Dot en devenant vraiment rouge, ne parlez pas de m'honorer. Grand Dieu!

— A propos, observa le voiturier, ce vieux monsieur...

Elle fut visiblement et instantanément embarrassée.

— C'est un singulier original, dit le voiturier en regardant droit devant lui tout le long de la route. Je ne sais que penser de lui. Je ne remarque pourtant rien de dangereux en lui.

— Rien du tout. Je suis sûre, tout à fait sûre qu'il n'a rien de dangereux.

— Oui? dit le voiturier, les yeux attachés sur son visage et à cause du ton dont elle avait prononcé ces paroles. Je suis satisfait que vous en soyez certaine, parce que cela confirme ma certitude. Il est curieux qu'il se soit mis dans la tête de venir loger chez nous, n'est-ce pas? Il y a des choses parfois si étranges.

— Si étranges! répondit Dot d'une voix basse et à peine perceptible.

— Cependant ce vieux gentleman paraît être une bonne nature, dit John, et il paye comme un gentleman, et je pense qu'on peut se fier à sa parole comme à celle d'un gentleman. J'ai eu ce matin une longue conversation avec lui, il m'a dit qu'il m'entendait mieux, parce qu'il commençait à s'habituer à ma voix. Il m'a parlé de beaucoup de choses qui le concernaient, et je lui ai beaucoup parlé aussi de moi, et il m'a fait quelques rares questions. Je l'ai informé que j'avais deux chemins à servir, comme vous savez; que je passais un jour par celui de droite, et le jour suivant par celui de gauche — et, étant étranger, il a voulu connaître le nom des localités où je passe — et il s'est intéressé à cette nomenclature. — Alors, a-t-il dit, ce soir je retournerai par le même chemin que vous, lorsque je croyais que vous feriez votre retour par une direction exactement opposée. C'est important. Je vous embarrasserai de moi peut-être encore une fois, mais je m'engage à ne plus dormir si profondément. C'est qu'il était profondément endormi, sûrement. — Dot, à quoi pensez-vous?

— Je pensais, John, à... Je vous écoutais.

— Oh! c'est très bien, dit l'honnête voiturier. J'étais effrayé de l'air de votre figure, et j'avais peur qu'ayant parlé si longuement vous ne vous soyez laissée aller à penser à autre chose; j'étais bien près de le penser.

Dot ne répondit pas, et ils roulèrent pendant quelque temps en silence. Mais il n'était pas facile de rester silencieux longtemps dans la voiture de John Peerybingle, car il n'y avait personne qui n'eût quelque petite chose à dire, et quand même ce n'aurait été que le « comment allez-vous » d'usage ; et le plus souvent, assurément ce n'était guère d'avantage, il fallait pourtant y répondre avec une spirituelle cordialité non pas simplement par un signe de tête ou par un sourire, mais par une action complète des poumons tout comme dans une discussion parlementaire à la chambre. Parfois, des passants à pied ou à cheval voyageaient un petit morceau de chemin auprès de la voiture pour babiller un moment, et alors des deux côtés beaucoup de paroles étaient échangées.

Puis Boxer, quand il s'agissait de reconnaître un ami du voiturer ou de le lui faire reconnaître, valait autant qu'une demi-douzaine de chrétiens. Tout le long de la route, chaque être le connaissait, spécialement les poules et les cochons qui, dès qu'ils le voyaient approcher, le corps tout de côté, les oreilles dressées avec curiosité, et son morceau de queue se balançant d'un côté et d'autre, se réfugiaient immédiatement dans leurs quartiers sans se soucier de l'honneur d'avoir avec lui plus grande accointance. Il avait partout une occupation : il donnait un coup d'œil dans tous les petits chemins, regardait dans tous les puits, se montrait dans toutes les fermes, se précipitait au milieu de toutes les écoles d'enfants, mettait en déroute tous les pigeons, faisait grossir la queue de tous les chats, et faisait son entrée dans tous les cabarets comme une pratique habituelle. Dès qu'il arrivait, le premier qui le voyait s'écriait : holà ! voici Boxer ! et alors quelqu'un sortait aussitôt accompagné de deux ou trois personnes, pour donner le bonjour à John Peerybingle et à sa jolie femme.

Les ballots et les petits paquets étaient nombreux pour le voiturier, et constituaient pour lui de nombreuses haltes pour l'expédition comme pour la livraison ; ce qui n'était pas du reste la plus mauvaise partie de la journée. Une partie des gens attendaient si impatiemment leurs paquets, et d'autres étaient au contraire si surpris de les recevoir ! et d'autres aussi étaient si inépuisables dans leurs instructions et leurs recommandations, et John prenait un si grand intérêt à tous les paquets, que c'était comme une vraie scène de théâtre. Il y avait également des articles à charrier qui réclamaient une discussion considérable, et pour lesquels le voiturier était obligé d'entrer dans une foule de détails avec ceux qui les expédiaient ; Boxer assistait habituellement à ces discussions tantôt paraissant plongé dans une attention et une immobilité profondes, tantôt décrivant avec transport de nombreux cercles en courant autour des discoureurs et aboyant lui-même à s'enrouer. Dot s'amusait de tout cela et en était spectatrice sans quitter sa chaise dans la voiture ; charmant petit portrait encadré par le châssis et la toile, et qui ne manquait pas d'attirer des regards d'envie et des paroles prononcées tout bas de la part des jeunes gens qui passaient, je vous le promets. Et John le voiturier se réjouissait beaucoup, car il était satisfait de voir sa petite femme admirée par tout le monde, sachant qu'elle n'y faisait guère attention, quoique cependant elle n'en fût peut-être pas fâchée.

Le voyage se faisait par un temps de brume et de froidure, car on était au mois de janvier, cela était sûr. Mais qui pensait à ces bagatelles? Ce n'était pas Dot, décidément. Ce n'était pas Tilly Slowbody qui estimait qu'être assis dans une voiture était le point le plus élevé de la joie humaine. Ce n'était pas le baby, je le jure, car il n'exista jamais une nature de baby comme la sienne pour avoir chaud et dormir profondément, et pour se trouver heureux dans un endroit ou dans un autre, comme ce jeune Peerybingle.

Vous ne pouviez voir à une grande distance à travers le brouillard; mais vous pouviez voir beaucoup, oh! oui, beaucoup. Je suis étonné de la quantité de choses que vous auriez pu voir à travers un brouillard même beaucoup plus épais que celui de ce jour-là. C'était assurément une charmante occupation que de considérer dans les prairies ce qu'on appelle les traces de la ronde des fées, les places de la gelée blanche marquées dans l'ombre silencieuse produite par les arbres et les haies; je ne fais pas mention des formes inattendues que prenaient les arbres eux-mêmes et de leur ombre qui se confondait avec le brouillard. Les haies étaient privées de feuilles et embrouillées, et abandonnaient au vent leurs guirlandes desséchées; mais il n'y avait rien de décourageant dans ce coup-d'œil. C'était une agréable contemplation, car elle vous rappelait que vous aviez en votre possession un chaud foyer, et vous faisait espérer le vert printemps. La rivière avait un air frileux; mais elle était pourtant encore en mouvement et courait d'un meilleur train; ce qui était un grand point. Le canal était tardif et semblait être en torpeur; il fallait en convenir; mais à quoi bon y penser? il se trouverait bien plus tôt pris quand la gelée viendrait pour tout de bon; et alors quel agrément pour patiner et pour glisser! et les lourdes et vieilles barques, glacées en certains endroits s'abritaient près du quai, où elles laissaient échapper tout le jour la fumée de leurs cheminées de fer rouillé, et attendaient là paresseusement le temps pour la navigation.

En un endroit un gros monticule d'herbes sauvages et de chaumes, brûlait; le feu apparaissait en plein jour blanc et éblouissant à travers le brouillard, et jetait de temps à autre un trait rouge au milieu de celui-ci; en conséquence de cela, la fumée s'insinuant dans le nez de miss Slowbody, suffoquée, celle-ci, ainsi que c'était son habitude à la moindre provocation, réveilla le baby, qui ne voulut plus se rendormir. Mais Boxer qui était en avance de près d'un quart de mille, avait rapidement passé les limites de la ville et était parvenu au coin de rue où vivaient Caleb et sa fille aveugle; et longtemps avant que les Peerybingle eussent atteint leur porte, Caleb et sa fille se tenaient sur le pavé de leur porte prêts à les recevoir.

Boxer, dirons-nous en passant, faisait certaines distinctions délicates, et qui lui étaient propres, dans les communications qu'il avait avec Berthe, ce qui me persuade qu'il savait qu'elle était aveugle. Il ne cherchait jamais à attirer son attention en la regardant, mais invariablement en la touchant. Je ne puis dire s'il avait acquis cette expérience en fréquentant quelque personne ou quelque chien aveugle. Il n'avait jamais vécu avec un maître aveugle; ni M. Boxer le père, ni Mrs. Boxer la mère, ni aucun des membres de cette respectable famille, ni d'aucune autre, n'avaient été connus comme aveugles, à ma connaissance. Il avait peut-être trouvé cela par lui-même, tout seul, mais il l'avait trouvé. Il saisit le bas de la robe de Berthe avec ses dents et le garda jusqu'à ce que Mrs. Peerybingle et le baby, ainsi que miss Slowbody et le fermier se trouvassent tous sains et saufs dans la maison.

May Fielding était déjà arrivée, ainsi que sa mère — petite vieille querelleuse, avec une figure chagrine, qui, sous le prétexte qu'elle avait conservé une taille semblable au pied d'un lit, était supposée avoir une taille transcendante, et qui, en conséquence de ce qu'une fois elle aurait pu avoir une position meilleure, en raisonnant dans la supposition qu'elle aurait pu l'avoir si quelque chose était arrivé, laquelle chose n'était jamais arrivée, et paraissait vraisemblablement n'avoir jamais dû arriver, — ce qui était tout à fait la même chose — prenait un air noble et protecteur. Gruff et Tackleton était aussi là, faisant l'agréable, avec le sentiment évident d'un homme qui se sentirait aussi indubitablement dans son propre élément que pourrait l'être un jeune saumon sur la cime de la grande Pyramide.

— May! ma chère ancienne amie! s'écria Dot, en courant à sa rencontre, quel bonheur de vous voir!

Son ancienne amie était certainement aussi cordialement charmée qu'elle; et ce fut, vous pouvez m'en croire un spectacle charmant de les voir s'embrasser. Tackleton était un homme de goût; cela ne faisait aucun doute. May était très jolie.

Vous savez que quelquefois lorsqu'une jolie figure à laquelle vous êtes accoutumée se trouve momentanément en contact et comparaison avec une autre jolie figure, elle vous paraît pour un moment être laide et fanée, et fort peu mériter la haute opinion que vous aviez d'elle. Maintenant ce n'était pas du tout le cas, ni avec Dot, ni avec May; car la figure de May faisait ressortir celle de Dot, et la figure de Dot celle de May, d'une manière si naturelle et si agréable que John Peerybingle fut sur le point de dire, lorsqu'il arriva dans la salle qu'elles auraient dû naître sœurs : ce qui était bien la seule amélioration qu'il fût possible de leur appliquer,

Tackleton avait apporté son gigot de mouton, et, chose étonnante à raconter, une tarte encore..... mais nous ne regrettons pas une petite profusion lorsque cela concerne nos fiancés; nous ne nous marions pas tous les jours. Il fallait ajouter à ces friandises le pâté au veau et au jambon, et les autres « choses » comme mistress Peerybingle les appelait, et qui consistaient principalement en noix et oranges et petites tartes. Lorsque le repas fut servi sur la table, flanqué de la contribution de Caleb, qui consistait en un grand plat de bois de pommes de terre fumantes — il lui était défendu par un contrat solennel de fournir aucune autre viande, — Tackleton conduisit sa future belle-mère à la place d'honneur. Dans le but d'honorer le mieux possible cette place, la majestueuse vieille avait orné sa tête d'un bonnet, calculé suivant elle pour inspirer des sentiments de respect aux plus étourdis. Elle avait mis des gants, car il faut être à la mode ou mourir.

Caleb s'assit auprès de sa fille; Dot et son ancienne camarade d'école s'assirent côte à côte; le bon voiturier s'assit au bout de la table. Miss Slowbody avait été isolée, pour tout le temps de sa présence, d'aucun autre article ou meuble que la chaise où elle était assise, afin qu'il ne se trouvât rien auprès de sa personne où elle pût heurter la tête du baby.

Tilly, cependant regardait les poupées et les bonshommes qui à leur tour la regardaient, elle ainsi que la compagnie. Les vieux et vénérables bonshommes qui se montraient à la porte de devant — tous en activité, — prenaient un intérêt spécial à la partie : par moments ils s'arrêtaient avant de faire leur saut, comme s'ils avaient prêté l'oreille à la conversation ; puis recommençaient plusieurs fois de suite à plonger d'une manière extravagante sans s'arrêter même un petit moment pour respirer, comme s'ils se livraient tout entiers à l'exaltation d'une folie joyeuse.

Certainement, si ces vieux bonshommes désiraient se donner le plaisir d'une joie méchante en contemplant la déconvenue de Tackleton, ils avaient amplement raison de se satisfaire. Tackleton ne pouvait arriver à se mettre en belle humeur ; et plus sa fiancée devenait enjouée dans la société de Dot, moins cela lui plaisait, quoique il les eût réunies ensemble par un même dessein. C'était un véritable chien dans la mangeoire que ce Tackleton ; et lorsqu'il voyait rire tout le monde et qu'il ne pouvait pas, il pensait en lui-même immédiatement que c'était de lui qu'on riait!

— Ah May, dit Dot, ma chère, quels changements! Comme en parlant de ces heureux jours d'école cela vous fait rajeunir.

— Cependant, vous n'êtes pas encore vieille, à proprement parler, dit Tackleton.

— Regardez mon sobre et laborieux mari, répliqua

Dot. Il ajoute vingt années à mon âge pour le moins. N'est-ce pas John?

— Quarante, répondit John?

— Combien en ajouterez-vous à l'âge de May? Je suis sûre de ne pas le savoir, dit Dot en riant. Mais elle pourrait bien risquer d'ajouter cent ans à son âge, au prochain anniversaire de sa naissance.

— Ah! ah! s'écria en riant Tackleton. Mais cela ressemblait à un tambour creux, et il riait jaune. Et il regarda Dot comme s'il allait l'étrangler, vraiment.

— Ma bonne chérie! dit Dot. Vous souvenez-vous de quelle manière nous parlions, à l'école, des maris que nous avions l'intention de choisir. Je ne me rappelle plus combien le mien devait être jeune, beau, distingué, gai, agréable! et le vôtre, May! — Ah! ma chère, je ne sais si je dois rire ou pleurer quand je pense quelles folles filles nous étions alors.

May parut savoir ce qu'elle devait faire; car sa figure devint tout d'un coup colorée, et des larmes parurent dans ses yeux.

— Et aussi les personnes elles-mêmes, les jeunes gens sur lesquels nous fixions quelquefois notre attention, dit Dot. Nous ne pensions pas le moins du monde au cours que prendraient les événements. Je n'avais jamais pensé à John, j'en suis bien sûre; et si je vous avais dit que vous seriez un jour mariée à M. Tackleton, comme vous m'auriez souffletée. N'est-ce pas vrai, May?

Quoique May ne voulût pas lui dire oui, elle ne dit certainement pas non, positivement, d'aucune manière.

Tackleton se mit à rire avec bruit et lourdement. John Peerybingle rit aussi de sa manière, manière d'homme heureux et de bonne humeur; mais son rire était en quelque sorte murmuré à côté de celui de Tackleton.

— Quelques-uns d'entre eux sont morts, dit Dot, et quelques-uns oubliés. Quelques autres, s'ils pouvaient se tenir auprès de nous en ce moment, ne pourraient pas croire que nous soyons les mêmes créatures; ils ne se fieraient ni à leurs yeux, ni à leurs oreilles, et se refuseraient à croire que nous puissions les oublier de cette manière. Non, ils ne croiraient pas un seul mot de tout cela.

—Mais, Dot! s'exclama le voiturier. Petite femme!...

Elle avait parlé avec tant d'ardeur et de feu, qu'elle éprouvait le besoin que quelqu'un la rappelât à elle-même, sans doute. La réprimande de son mari était vraiment douce, car il n'était simplement intervenu, il le supposait du moins, que pour défendre le vieux Tackleton. Dot s'arrêta aussi, et n'en dit pas davantage; mais son silence même laissait percer une agitation peu ordinaire, agitation dont le circonspect Tackleton prit note secrètement, après l'avoir observée de ses yeux à demi fermés, et dont il se souvint dans l'occasion, ainsi que vous le verrez bientôt.

May ne prononça pas un mot, ni en bien ni en mal, mais elle se tint immobile et silencieuse, les yeux baissés, et ne donnant aucun signe de l'intérêt qu'elle prenait à ce qui s'était passé. La bonne dame sa mère s'interposa alors : observant, dans son premier exemple, que les jeunes filles étaient des jeunes filles, et que ce qui était passé était bien passé, et que aussi longtemps que la jeunesse est jeune et étourdie, elle doit suivant toute probabilité se conduire avec l'étourderie de la jeunesse : elle ajouta à cela encore deux ou trois raisons d'un caractère tout aussi incontestable. Elle observa alors, dans une dévote pensée, qu'elle remerciait le ciel d'avoir toujours trouvé dans sa fille May une enfant obéissante et soumise; elle ne s'en félicitait pas elle-même, quoique elle eût quelque raison de croire que c'était uniquement à elle que sa fille le devait. Quant à ce qui concerne M. Tackleton, dit-elle, c'était au point de vue de la morale, un homme irréprochable, et en le considérant sous le point de vue d'un futur gendre, il faudrait ne pas avoir de sens pour ne pas l'accepter. — Ces derniers mots furent prononcés d'un ton emphatique. — Relativement à la famille dans laquelle il allait entrer, après en avoir fait la demande, elle pensait que M. Tackleton savait que, malgré son peu d'importance sous le rapport de la fortune, elle avait quelques prétentions à la noblesse, et que si certaines circonstances, pas entièrement vagues, se rapportant au commerce de l'indigo, s'étaient passées différemment, elle pourrait peut-être se trouver en possession d'une grande fortune. Elle fit alors la remarque qu'il ne fallait pas faire allusion au passé, et ne voulut pas rappeler que sa fille avait déjà, quelque temps avant, rejeté la demande de M. Tackleton ; et elle témoigna l'intention de supprimer une foule d'autres choses qu'elle raconta cependant avec beaucoup de détails. Finalement, elle donnait comme le résultat général de ses observations et de son expérience que tous les mariages où il y avait le moins de ce qu'on est convenu d'appeler romanesquement et sottement de l'amour, étaient toujours les plus heureux ; et elle augurait le plus grand bonheur, — non pas un bonheur ravissant, — mais un bonheur solide et constant pour les prochaines noces. Elle concluait en informant la compagnie que le lendemain était le jour pour lequel elle avait vécu dans l'attente ; et que, passé ce jour, elle ne désirerait rien autre chose que d'être expédiée dans une place agréable d'un cimetière.

Comme toutes ces remarques étaient de celles auxquelles il est tout à fait impossible de répondre, ce qui, du reste, est l'heureuse propriété des remarques suffisamment hors de propos, elles changèrent le courant de la conversation et détournèrent l'attention générale au profit du pâté de veau et de jambon, du mouton froid, des pommes de terre et de la tarte. De peur que la bière en bouteilles ne fût négligée, John Peerybingle proposa de boire au lendemain, au jour du mariage, et il prit sur lui de boire une rasade à cette santé, avant de poursuivre sa journée.

Car il faut que vous sachiez que John Peerybingle ne restait là que le temps pendant lequel on débridait et rafraîchissait son vieux cheval. Il lui fallait aller à quatre ou cinq milles plus loin; et alors, quand il retournait le soir, il ramenait Dot, et faisait une autre halte chez lui. C'était l'ordre du jour toutes les fois qu'il y avait pique-nique, et il n'y en avait jamais eu d'autre depuis leur institution.

Il y avait deux personnes présentes, entre le fiancé et la fiancée, qui étaient restées indifférentes à ce toast. Une d'elles était Dot, trop troublée et impressionnée pour se prêter à aucun des petits incidents du moment; l'autre était Berthe, qui se leva de table à la hâte avant tout le monde.

— Bonjour, dit le vigoureux John Peerybingle en s'enveloppant de sa redingote de voyage. Je serai de retour à l'heure habituelle. Bonjour à tous!

— Bonjour, John, répondit Caleb.

Il sembla prononcer ce bonjour par routine et il l'accompagna d'un geste de la main tout à fait inconscient; car toute son attention était occupée à observer Berthe, qu'il suivait d'un regard anxieux et dont rien n'altérait jamais l'expression.

— Bonjour, jeune fripon, dit le gai voiturier, en se baissant pour embrasser l'enfant, que Tilly Slowbody, occupée uniquement avec son couteau et sa fourchette, avait déposé endormi, et, chose étrange à dire! sans accident dans le petit lit que Berthe lui avait garni;

bonjour; le temps viendra, je suppose, mon petit ami, où vous irez voyager avec le froid et où vous laisserez votre vieux père au coin de la cheminée avec sa pipe et ses rhumatismes. Eh! où est Dot?

— Je suis ici, John, dit-elle en tressaillant.

— Allons, allons, reprit le voiturier en frappant ses mains sonores l'une contre l'autre. Où est la pipe?

— J'avais complétement oublié la pipe, John.

— Oublié la pipe? a-t-on jamais pu avoir l'idée de cela! Elle avait oublié la pipe!

— Je vais la bourrer immédiatement, dit-elle. Ce sera fait de suite.

Mais ce ne fut pas fait de suite. La pipe se trouvait à sa place accoutumée, dans la poche de la redingote du voiturier, cette petite poche était l'ouvrage de Dot elle-même, celle où elle avait toujours coutume de prendre le tabac; mais sa main tremblait tellement qu'elle s'y embarrassa — et c'était pourtant la même main qui y entrait et qui en sortait si aisément, j'en suis sûr. — Les fonctions de bourrer et d'allumer la pipe, petites occupations pour lesquelles je vous vantais l'habileté de Dot, si vous vous en souvenez, furent faites avec maladresse et embarras. Pendant ce temps Tackleton la considérait attentivement et malicieusement de son œil à demi fermé; et toutes les fois que son regard rencontrait le sien, ce regard, semblable à une espèce de trappe destinée à l'engloutir, augmentait sa confusion à un remarquable degré.

— Comme vous êtes gauche cette après-midi, Dot, dit John. Je crois que j'aurais mieux fait moi-même. Je le crois vraiment.

Après avoir prononcé ces paroles d'un ton de bonne humeur, il sortit, s'éloignant à grands pas; et on entendit bientôt après Boxer, le vieux cheval et la voiture faire leur musique dans la rue. Caleb, pendant ce temps, toujours immobile et rêveur, n'entendit rien, et continua à regarder sa fille aveugle avec la même expression de visage.

— Berthe, dit Caleb doucement, que vous est-il arrivé? Comme vous êtes changée, ma bien-aimée, depuis ce matin. Vous avez été silencieuse et triste tout le jour! Que signifie cela? dites-le moi.

— Oh! mon père! mon père! s'écria la jeune aveugle en fondant en larmes. Mon triste, triste sort!

Caleb passa sa main sur ses yeux avant de lui répondre.

— Mais, songez combien vous avez été heureuse et gaie, Berthe. Combien vous étiez bonne, et combien vous avez été aimée par plusieurs personnes.

— C'est ce qui me fend le cœur, mon cher père, vous toujours si soigneux, vous toujours si prévenant pour moi!

Caleb avait bien peur de la comprendre.

— Etre... être aveugle, Berthe, ma pauvre fille, dit-il en hésitant, c'est sans doute une grande affliction..... mais.....

— Je ne l'ai jamais ressentie, s'écria la jeune aveugle. Je ne l'ai jamais ressentie, du moins d'une manière complète, non jamais. J'ai quelquefois souhaité de vous voir, et de le voir, lui... vous voir une fois seulement, mon cher père, seulement pendant une minute, afin de pouvoir connaître le trésor que j'ai ici, dit-elle en posant sa main sur son cœur, et être assurée que je ne me trompe pas... Et quelquefois; — mais j'étais une enfant à cette époque, — j'ai pleuré pendant que je priais la nuit, en pensant que vos chères images qui montent de mon cœur au ciel pourraient ne pas avoir votre ressemblance. Mais je ne suis pas restée longtemps inquiète pour cela. C'est passé maintenant, et je me sens tranquille et contente.

— Et vous le serez encore, dit Caleb.

— Mais, père! mon bon et tendre père, supportez-moi, si je suis coupable, dit la jeune aveugle, ce n'est pas le chagrin qui m'affecte de cette manière.

Son père ne put s'empêcher de pleurer, elle avait parlé d'un ton si pathétique! Mais il ne la comprenait pas, non, pas encore.

— Conduisez-la vers moi, dit Berthe. Je ne puis garder ce secret renfermé en moi-même. Amenez-la moi, mon père.

Elle comprit qu'il hésitait, et lui dit : — May, amenez-moi May.

May en entendant prononcer son nom vint vers

elle et lui toucha le bras. La jeune aveugle se retourna tout d'un coup et lui saisit les deux mains.

— Regardez mon visage, chère amie, charmante amie, dit Berthe. Lisez-y avec vos beaux yeux, et dites-moi si la vérité y est écrite.

— Chère Berthe, oui.

La jeune aveugle tournant vers elle sa figure pâle et privée de lumière, d'où s'échappaient de nombreuses larmes, lui adressa la parole en ces termes :

— Il n'existe pas dans mon âme un souhait ou une pensée qui ne soit pour votre bonheur, charmante May! Il n'est pas dans mon âme un gracieux souvenir, un souvenir plus profond et plus reconnaissant des soins et de l'affection que vous portez à l'aveugle Berthe, depuis que nous étions toutes deux enfants, si je puis dire que Berthe a eu une enfance. J'appelle sur votre tête toutes les bénédictions. Que vous rencontriez le bonheur sur vos pas! Je ne le souhaite pas moins ardemment, ma chère May, dit-elle en la pressant tendrement contre elle, pas moins ardemment parce que aujourd'hui, en apprenant que vous alliez être sa femme, mon cœur a été presque brisé. Mon père! May, Marie, pardonnez-moi à cause de ce qu'il a fait pour soulager la tristesse de ma vie d'aveugle, et à cause de la confiance que vous avez en moi, lorsque j'appelle le ciel à témoin que je ne pouvais lui souhaiter une femme plus digne de sa bonté.

En prononçant ces paroles, elle avait quitté les

mains de May Fielding pour s'attacher à ses vêtements dans une attitude de supplication et d'amour. Se laissant glisser peu à peu jusqu'à terre, après qu'elle eut achevé son étrange confession, elle se laissa tout à fait tomber aux pieds de son amie et cacha sa figure privée de lumière dans les plis de sa robe.

— Puissance divine ! s'écria son père, éclairé cette fois par la vérité, ne l'ai-je trompée depuis le berceau que pour lui briser le cœur à la fin !

Ce fut un bonheur pour tout le monde que la petite Dot, active et utile, — car elle l'était, quelles que fussent ses fautes ; cependant vous pouvez apprendre plus tard à la haïr, — ce fut un bonheur pour tous, dis-je, qu'elle fût là ; sans quoi il aurait été difficile de dire comment cela aurait fini. Mais Dot, reprenant possession d'elle-même, s'interposa avant que May pût répondre, ou Caleb dire une autre parole.

— Venez, venez, chère Berthe ! Sortez avec moi ! Donnez-lui votre bras, May. Ah ! voyez comme elle est calme déjà, et comme il est bien de sa part de songer à nous, dit la chère petite femme en la baisant sur le front. Venez, chère Berthe ! et son bon père viendra avec elle ; n'est-ce pas, Caleb ?

Dot était une noble femme dans ces choses-là, et il aurait fallu être d'une nature bien endurcie pour se soustraire à son influence. Lorsqu'elle eut emmené le pauvre Caleb et sa Berthe, pour se consoler et se soutenir l'un l'autre, car elle savait qu'eux seuls pouvaient le faire, elle retourna en bondissant, aussi fraîche qu'une marguerite, je dis même plus fraîche, pour empêcher la chère vieille créature de faire quelque découverte.

— Apportez-moi le cher baby, dit-elle en tirant une chaise près du feu, et pendant que je l'aurai sur mes genoux, Tilly, mistress Fielding me dira tout ce qui concerne le soin des enfants, et me redressera sur vingt points sur lesquels j'aurai pu manquer. N'est-ce pas, mistress Fielding?

La vieille dame tomba dans le piége. La sortie de Tackleton, le chuchottement de deux ou trois personnes se cachant d'elle, des plaintes sur le commerce de l'indigo l'auraient tenue sur ses gardes pendant vingt-quatre heures. Mais cette déférence d'une jeune mère pour son expérience était si irrésistible qu'après avoir feint un instant de s'excuser sur son humilité, elle commença à lui donner ses instructions avec la meilleure grâce du monde, et s'asseyant tout à coup devant la méchante Dot, elle lui débita, dans une demi-heure, plus de recettes et de préceptes domestiques infaillibles qu'il n'en aurait fallu, si on les avait mis en pratique, pour tuer le petit Peerybingle, quand il aurait eu la vigueur de Samson enfant.

Pour changer de sujet, Dot fit un petit travail à l'aiguille, elle mit dans sa poche tout le contenu d'une boîte à ouvrage, elle fit un peu téter son enfant, elle reprit ensuite son travail à l'aiguille, puis fit une petite causerie tout bas avec May, pendant que la vieille dame pérorait; de sorte qu'avec ces petites occupations, qui lui étaient habituelles, elle trouva l'après-midi très courte. Enfin, comme il se faisait nuit, et comme son devoir était de remplir la tâche de Berthe dans le ménage, elle garnit le feu, balaya le foyer, dressa la table à thé, et alluma une chandelle. Après cela, elle joua un ou deux airs sur une harpe grossière, que Caleb avait fabriquée pour Berthe, et elle les joua très bien, car la nature l'avait douée d'une oreille aussi délicate pour la musique qu'elle aurait été bien faite pour être ornée de bijoux, si elle en avait eu à porter. A ce moment arriva l'heure du thé, et Tackleton vint pour le prendre et passer la soirée.

Caleb et Berthe étaient revenus quelques instants auparavant, et Caleb s'était assis pour s'occuper de son travail de l'après-midi. Mais il ne put rester assis, tant il était agité, le pauvre, par ses remords au sujet de sa fille. On était touché en le voyant assis sans rien faire sur sa chaise à travail, la regardant fixement, et disant en face d'elle : « L'ai-je trompée depuis son berceau, pour lui briser le cœur! »

Lorsqu'il fut nuit et que le thé fut fait, que Dot n'eut rien plus à faire que de nettoyer les tasses, en un mot, — car il faut que j'en vienne là, et il est inutile de tant tarder, — lorsque le moment fut venu d'attendre le retour du voiturier, en écoutant le bruit éloigné de ses roues, les manières de Dot changèrent, elle rougit et pâlit tour à tour, et elle ne put pas rester en place.

Ce n'était pas comme d'autres braves femmes, lorsqu'elles écoutent si leur mari vient. Non, non, non, c'était une autre manière d'être agitée.

On entendit des roues, le pas d'un cheval, l'aboiement d'un chien ; ces bruits réunis se rapprochèrent. On entendit les pattes de Boxer gratter à la porte.

— Quel est-ce pas? s'écria Berthe en tressaillant.

— Quel est ce pas? répondit le voiturier en se présentant à la porte avec son rude et brun visage rougi par le froid du soir; c'est le mien.

— L'autre pas? dit Berthe; celui de l'homme qui est derrière vous?

— On ne peut la tromper, dit le voiturier en riant. Venez, monsieur, vous serez bien reçu; n'ayez pas peur.

Il parlait haut, et le monsieur sourd entra.

— Il n'est pas tellement étranger que vous ne l'ayez déjà vu autrefois, Caleb, dit le voiturier. Vous lui donnerez une chambre dans la maison jusqu'à ce que nous partions.

— Certainement, John ; et ce sera un honneur pour nous.

— Il n'y a pas de meilleure société que la sienne pour parler en secret, dit John. J'ai de bons poumons, mais il les met à l'épreuve, je vous assure. Asseyez-vous, monsieur. Ce sont tous des amis, et ils sont charmés de vous voir.

Lorsqu'il eut donné cette assurance d'un ton de voix qui prouvait ce qu'il avait dit de ses poumons, il ajouta de son ton ordinaire : — Donnez-lui une chaise au coin de la cheminée, laissez-le s'asseoir en silence et regardez-le amicalement; c'est tout ce dont il a besoin. Il est facile à contenter.

Berthe avait écouté avec attention. Il fit venir Caleb à son côté, quand il eut placé la chaise, et elle lui demanda de lui dépeindre le nouveau venu. Lorsqu'il l'eut fait avec une fidélité vraiment scrupuleuse, elle fit un mouvement, le premier depuis que cet homme était entré, et après cela elle sembla ne plus prendre intérêt à lui.

Le brave voiturier était tout joyeux, et plus amoureux de sa petite femme que jamais.

— Ma Dot n'est guère bien mise, dit-il en l'embrassant quand elle fut un peu à l'écart, mais je l'aime autant comme cela. Voyez là-bas, Dot.

Il lui montrait le vieillard. Dot baissa les yeux; je crois qu'elle tremblait.

— Ah ! ah ! ah ! il est plein d'admiration pour vous, nous n'avons parlé que de vous, tout le long de la route. Ah ! c'est un brave vieux ; je l'aime pour cela.

— Je voudrais qu'il eût un meilleur sujet de conversation, John, dit-elle en jetant un regard autour d'elle, surtout vers Tackleton.

— Un meilleur sujet, s'écria le jovial John. Pas du

tout. Allons! à bas le manteau, à bas le châle épais, à bas ces lourdes enveloppes! passons une bonne demi-heure près du feu. Je suis à vos ordres, mistress, une partie de cartes, vous et moi. Cela vous va? Dot, les cartes et la table. Un verre de bière ici, s'il en reste, ma petite femme.

Son défi s'adressait à la vieille qui l'accepta gracieusement, et bientôt ils furent occupés à jouer. D'abord, le voiturier regarda autour de lui avec un sourire, ou bien il appelait Dot pour lui faire voir son jeu par dessus son épaule, ou pour lui demander conseil sur un coup. Mais son adversaire étant ferrée, il comprit qu'il lui fallait plus de vigilance, et pas de distraction pour ses yeux ni ses oreilles. De cette manière toute son attention fut graduellement absorbée par les cartes, et il ne pensa plus à rien jusqu'à ce qu'une main placée sur son épaule lui rappela Tackleton.

— Je suis fâché de vous déranger, mais un mot, tout de suite.

— Je vais jouer, dit le voiturier; le moment est critique.

— Venez, dit Tackleton.

En voyant la pâleur de son visage, le voiturier se leva, et lui demanda vivement de quoi il s'agissait.

— Chut! John Peerybingle, dit Tackleton. J'en suis fâché. Vraiment je le suis. Je l'ai craint, je l'ai soupçonné tout d'abord.

— Qu'est-ce? dit le voiturier d'un air effrayé.

— Chut ! je vous montrerai, si vous venez avec moi.

Le voiturier l'accompagna sans dire un mot de plus. Ils traversèrent une cour où brillaient les étoiles ; et ils entrèrent par une porte latérale dans ce comptoir de Tackleton, où il y avait une fenêtre vitrée qui permettait de voir dans le magasin ; elle était fermée pendant la nuit. Il n'y avait pas de lumière dans le comptoir, mais il y avait des lampes dans le magasin long et étroit, et par conséquent la fenêtre était éclairée.

— Un moment, dit Tackleton. Avez-vous le courage de regarder par cette fenêtre ?

— Pourquoi pas ? répondit le voiturier.

— Encore un moment, dit Tackleton. Pas de violence. Elle ne sert de rien. Elle est dangereuse. Vous êtes un homme fort, et vous pourriez commettre un meurtre avant de le savoir.

Le voiturier le regarda en face, et recula d'un pas comme s'il avait été frappé. Dans une enjambée il fut à la fenêtre, et il vit... O foyer souillé ! O fidèle Grillon ! O perfide femme !

Il la vit avec le vieillard, qui n'était plus vieux, mais droit et charmant, tenant à la main ses faux cheveux qui lui avaient ouvert l'entrée de cette maison désolée. Il vit qu'elle l'écoutait, tandis qu'il baissait la tête pour lui parler à l'oreille. Il les vit s'arrêter, il la vit, elle, se retourner de manière à avoir son visage, ce visage qu'il aimait tant, présent à sa vue ! et il la vit de ses propres mains ajuster la chevelure mensongère sur la tête de l'homme, en riant de sa nature peu soupçonneuse.

Il serra d'abord sa vigoureuse main droite, comme s'il avait voulu frapper un lion; mais l'ouvrant aussitôt, il la déploya devant les yeux de Tackleton, — car il aimait cette femme, même en ce moment, — et quand ils eurent passé, il tomba sur un pupitre, faible comme un enfant.

Il était enveloppé jusqu'au menton, et occupé de son cheval et de ses paquets quand elle entra dans le salon, se préparant à rentrer dans la maison.

— Me voilà, John, mon cher! bonne nuit, May! bonne nuit, Berthe!

Pouvait-elle les embrasser? Pouvait-elle être gaie en partant? Pouvait-elle montrer son visage sans rougir? Oui. Tackleton l'observait de près; et elle fit tout cela.

Tilly faisait taire le baby; et elle passa et repassa une douzaine de fois devant Tackleton, en répétant lentement : son père ne l'a-t-il trompée dès son berceau que pour lui briser le cœur à la fin!

— Tilly, donnez-moi le baby. Bonne nuit, M. Tackleton. Où est John, mon Dieu?

— Il est allé se promener, dit Tackleton en l'aidant à s'asseoir.

— Mon cher John, se promener? ce soir?

La figure empaquetée de son mari fit un signe affirmatif; le faux étranger et la petite nourrice étaient à leur place, le vieux cheval partit. Boxer, l'insouciant Boxer, courant devant, courant derrière, courant autour de la voiture, et aboyant aussi triomphalement et aussi gaiement que toujours.

Lorsque Tackleton fut aussi sorti, escortant May et sa mère chez elles, le pauvre Caleb s'assit près du feu à côté de sa fille; plein de tristesse et de remords, il se disait : « Ne l'ai-je trompée depuis le berceau, que pour lui briser le cœur à la fin? »

Les jouets que l'on avait mis en mouvement pour l'enfant étaient déjà depuis longtemps immobiles. Les poupées imperturbablement calmes dans le silence et le demi-jour; les chevaux fougueux avec leurs yeux et leurs naseaux ouverts; les vieux messieurs debout à des portes étroites, avec leurs genoux et leurs chevilles fléchissants; les casse-noisette avec leurs figures grimaçantes; les bêtes se dirigeant vers l'arche de Noé, deux à deux, comme des écoliers en promenade, pouvaient être regardés comme frappés d'immobilité par l'étonnement, à la vue de Dot convaincue de fausseté, ou de Tackleton digne d'être aimé, par quelque combinaison de circonstances.

CHAPITRE III.

—

Troisième Cri.

L'horloge de bois du coin sonnait dix heures, lorsque le voiturier fut assis au coin de son feu. Il était si troublé et si dévoré de chagrins qu'il semblait faire peur au coucou qui, ayant émis dix fois son mélodieux appel aussi vite que possible, plongea de nouveau dans le palais mauresque, et ferma sa petite porte derrière lui, comme si ce spectacle inattendu était trop pénible pour ses sentiments.

Si le petit faucheur avait été armé de la plus affilée de ses faux, et avait porté chacun de ses coups dans le cœur du voiturier, il ne l'aurait pas blessé et haché autant que Dot le fit.

C'était un cœur si plein d'amour pour elle, si intimement uni au sien par les innombrables fils de puissants souvenirs, renforcés par le travail journalier des qualités les plus chéries ; c'était un cœur dans lequel elle était comme dans un reliquaire ; un cœur si simple et si vrai, si fort pour le bien, si faible pour le mal, qu'il ne put d'abord ressentir aucune colère ni aucun désir de vengeance, et qu'il n'eut place que pour l'image brisée de son idole.

Mais lentement, lentement, à mesure que le voiturier était assis froid et sombre à son foyer, d'autres pensées plus sévères commencèrent à naître. L'étranger était sous son toit outragé. Trois pas le conduiraient à sa chambre. Un coup l'abattrait. « Vous pourriez commettre un meurtre avant de le savoir, » avait dit Tackleton. Comment y aurait-il meurtre s'il donnait au coquin le temps de se mettre en défense? Cet homme était plus jeune que lui.

C'était une pensée malsaine, provenant d'un esprit qui voyait trop noir. C'était une pensée méchante qui le portait à changer sa paisible demeure en un lieu hanté par les fantômes, où les voyageurs solitaires redouteraient de passer la nuit, et où les âmes timides verraient des ombres se débattre au clair de lune à travers les fenêtres vides, et entendraient des bruits effrayants pendant les tempêtes.

Elle avait monté l'escalier avec l'enfant pour aller le coucher. Pendant qu'il était auprès du feu, elle s'approcha de lui sans qu'il l'entendît — dans son désespoir il était insensible à tous les bruits — et elle avait placé son petit escabeau à ses pieds. Il ne s'en aperçut que quand il sentit sa main dans la sienne, et qu'il la vit le regarder en face.

Avec étonnement? non. Ce fut sa première impression, et il désirait vivement la voir; à dire vrai, non, elle ne le regardait pas avec étonnement, mais avec un œil interrogateur, mais sans étonnement. Son regard fut d'abord alarmé et sérieux; ensuite il prit une expression étrange, sauvage, jointe à un sourire effrayant, quand elle reconnut ses pensées, puis elle porta ses mains tordues à son front, pendant que sa tête se penchait et que ses cheveux tombaient.

Quoiqu'il eût sur elle les droits de la toute-puissance, il en avait aussi la miséricorde à un trop haut degré pour peser sur elle, même du poids d'une plume, mais il ne pouvait supporter de la voir prosternée sur ce même siége où il l'avait si souvent regardée avec amour et orgueil, quand elle était innocente et gaie. Lorsqu'elle se fut relevée et qu'elle s'en fut allée en sanglotant, il se sentit soulagé en voyant vide la place plutôt que de la voir occupée par sa présence si longtemps chère. C'était une angoisse encore plus poignante que de se rappeler sa désolation actuelle, et le brisement des liens qui l'attachaient à la vie.

Plus il sentait cela, plus il voyait qu'il aurait préféré la voir morte prématurément avec son enfant sur son sein, et plus sa colère contre son ennemi s'enflammait. Il regarda autour de lui pour chercher une arme.

Un fusil était pendu au mur, et il fit un ou deux pas vers la chambre du perfide étranger. Il savait que le fusil était chargé. Une idée vague de tuer cet homme comme un bête sauvage se saisit de lui, et elle grandit dans son esprit jusqu'à devenir un démon monstrueux qui le posséda complétement, rejetant au dehors toute pensée plus douce et y établissant son empire sans partage.

Cette phrase n'est pas exacte. Il ne rejetait pas toute pensée plus douce, mais il la transformait avec artifice. Il changeait ses pensées en verges pour l'exciter, tournant l'eau en sang, l'amour en haine, la douceur en férocité. L'image de sa femme éplorée, humiliée, mais suppliant sa tendresse et sa pitié avec un pouvoir irrésistible, ne quittait pas son esprit; mais en y restant elle le poussait vers la porte, lui faisait mettre l'arme à l'épaule, appliquer le doigt à la détente, et lui criait : « Tue-le dans son lit! »

Il renversa le fusil pour frapper la porte avec la crosse; déjà il l'avait levée en l'air; une vague pensée venait de lui crier à cet homme de fuir par la fenêtre, au nom de Dieu... lorsque, tout à coup, le feu de la cheminée jeta une vive clarté, et le Grillon du Foyer se mit à chanter.

Aucun son, aucune voix humaine, pas même celle de sa femme, n'auraient été capables de l'émouvoir et de l'adoucir. Les paroles sans art, avec lesquelles elle lui avait parlé de son amour pour ce même Grillon, retentissaient de nouveaux à ses oreilles ; sa physionomie et ses manières tremblantes d'émotion étaient encore devant ses yeux ; sa douce voix — cette voix qui était la musique la plus agréable au foyer d'un honnête homme — pénétra en frémissant jusqu'au fond de sa bonne nature, et le rappela à la vie et à l'action.

Il recula de devant la porte, comme un homme qui, marchant endormi, s'éveille d'un mauvais rêve, et il posa son fusil, puis, se couvrant le visage de ses mains, il se rassit auprès du feu, et trouva du soulagement à fondre en larmes.

Le Grillon du Foyer sortit et vint dans la chambre, et lui apparut en forme de fée : « Je l'aime, dit cette voix merveilleuse répétant les paroles dont il se souvenait bien, pour la musique innocente qu'il m'a fait entendre. »

— Elle disait cela, s'écria le voiturier. C'est vrai.

— Cette maison a été heureuse, John ; et j'aime le Grillon à cause d'elle.

— Elle l'a été, Dieu le sait, répondait le voiturier. Elle l'a toujours rendue heureuse... jusqu'à présent.

— Si *gracieusement paisible*, *disait* la *voix*, si *intérieure*, si gaie, si occupée, si légère de cœur.

— Sans cela je n'aurais jamais pu l'aimer comme je l'aimais, répondait le voiturier.

La voix le reprenant dit : — Comme je l'aime.

Le voiturier répéta, mais faiblement : — Comme je l'aimais. Sa langue résistait à sa volonté, et aurait voulu parler à sa guise pour elle-même et pour lui.

La fée, dans une attitude d'invocation, leva la main et dit : — Sur votre propre foyer...

— Le foyer qu'elle a souillé, interrompit le voiturier.

— Le cœur qu'elle a... combien de fois... béni et illuminé, dit le Grillon ; le foyer qui, sans elle, était un composé de quelques briques et de barreaux de fer rouillés, et qui est devenu par elle l'autel de votre maison, sur lequel vous avez sacrifié les petites passions, l'égoïsme, et vous avez offert l'hommage d'un esprit tranquille, d'une nature confiante, et un cœur plein de sensibilité ; de sorte que la fumée de cette pauvre cheminée est sortie au dehors répandant un parfum plus agréable que le meilleur encens qui brûle dans les plus splendides temples du monde ! Au nom de votre propre foyer, dans son paisible sanctuaire, entouré de tous ses plus beaux souvenirs, écoutez-la ! écoutez-moi ! Ecoutez tout ce qui parle le langage de votre foyer et de votre maison !

— Et qui plaide pour elle ? dit le voiturier.

— Tout ce qui parle le langage de votre foyer et de votre maison doit plaider pour elle, répondit le Grillon ; car ils disent la vérité.

Et pendant que le voiturier, sa tête appuyée sur ses mains, restait assis sur sa chaise à méditer, l'apparition était auprès de lui, lui suggérant des réflexions en vertu de son pouvoir, et les lui présentant comme dans un miroir ou dans un tableau. Cette apparition n'était pas solitaire. Du foyer, de la cheminée, de la sonnette, de la pipe, du chaudron, du berceau, du plancher, des murs, du collier, de l'escalier, de la voiture au dehors, et de la table au dedans, de tous les ustensiles de ménage, de tous les objets avec lesquels sa femme était familière, et où elle avait attaché des souvenirs d'elle-même qui remplissaient la pensée de son infortuné mari, des esprits s'échappaient, non pas pour se tenir debout à côté de lui comme le Grillon, mais pour se mettre à l'ouvrage. Tous rendaient honneur à son image. Ils le tiraient par le pans de son habit pour lui montrer quand elle paraissait. Ils se groupaient autour d'elle, l'embrassaient et répandaient des fleurs sur ses pas. Ils essayaient de couronner sa belle tête avec leurs petites mains. Ils montraient qu'ils étaient pleins d'amour pour elle; et qu'il n'y avait pas de créature laide, méchante ou accusatrice qui s'élevât contre elle, tandis qu'eux tous l'applaudissaient.

Les pensées du voiturier étaient toutes fixées sur l'image de sa femme. Elle était toujours là.

Elle était assise, faisant jouer son aiguille, devant le feu, et se chantant à elle-même. C'était bien la gaie, la laborieuse, la constante petite Dot! Toutes ces figures de fées tournaient autour de lui et concentraient leurs regards sur lui, et semblaient dire : — Est-ce là la jeune femme que vous pleurez !

Des sons joyeux venaient du dehors, des instruments de musiques, des conversations animées et des rires. Une troupe de gens en gaîté se précipitaient dans la maison ; parmi lesquels étaient May Fielding et une vingtaine de jeunes filles. Dot était la plus belle de toutes, aussi jeune qu'aucune d'elles. Elles venaient l'inviter à se joindre à elles. Il s'agissait de danser. Si jamais petit pied a été fait pour danser, c'était bien le sien. Mais elle riait, et elle secouait la tête, en montrant sa cuisine sur le feu, et sa table prête à être servie, et elle avait un air triomphant qui la rendait encore plus charmante. Elle les renvoyait donc gaîment, et les saluant une à une avec une indifférence comique à mesure qu'elles passaient. Et cependant l'indifférence n'était pas son caractère. Oh non ! car en ce moment un certain voiturier paraissait à la porte, et *Dieu ! quelle réception elle lui faisait !*

Les fées tournèrent encore une fois autour de lui, et semblèrent lui dire : — Est-ce là la femme qui vous a oublié !

Une ombre tomba sur le miroir ou le tableau : appelez-le comme vous voudrez. C'était la grande ombre de l'étranger, comme quand il parut la première fois sous son toit ; il en couvrait toute la surface et en cachait tous les autres objets. Mais les fées s'efforçaient de le faire encore disparaître, et Dot y reparut encore brillante de beauté, berçant son enfant, lui chantant doucement, et appuyant sa tête sur une épaule qui réfléchissait celle auprès de laquelle se tenait le Grillon fée.

La nuit, —j'entends la nuit réelle, et non celle produite par les fées, — s'avançait; et pendant que le voiturier se livrait à ces pensées, la lune se leva et brilla dans le ciel. Peut-être quelque lumière calme et paisible s'était levée dans son esprit, et il put réfléchir avec plus de sang-froid à ce qui était arrivé.

Quoique l'ombre de l'étranger tombât par intervalles sur la glace, toujours distincte et bien marquée, elle n'était pas si noire qu'auparavant. Toutes les fois qu'elle paraissait, les fées jetaient un cri de consternation, et agitaient leurs petits bras et leurs petites jambes avec une activité inconcevable pour la faire disparaître. Et quand elles réussissaient à faire apparaître Dot et à la lui montrer belle et radieuse, elles manifestaient la joie la plus communicative.

Elles ne la montraient que belle et radieuse, car c'étaient des esprits domestiques pour qui la fausseté est l'anéantissement, et leur nature était telle; Dot n'était pour elles qu'une petite créature active, rayonnante et agréable qui avait été la lumière et le soleil du voiturier.

Les fées étaient très animées quand elles la montraient avec son enfant, causant au milieu d'un groupe de sages matrones, et affectant d'être une vieille matrone comme elles, s'appuyant à l'ancienne mode sur le bras de son mari, en s'efforçant, cette charmante petite femme, de faire voir qu'elle avait abjuré les vanités du monde en général, et qu'elle était parfaitement au fait de son métier de mère; elles la montraient encore riant de la gaucherie du voiturier, relevant son col de chemise pour le faire ressembler à un petit-maître, et tâchant de lui apprendre à danser.

Les fées tournaient et s'agitaient autour de lui quand elles la montraient avec la jeune fille aveugle; car quoiqu'elle apportât la gaîté et l'animation partout où elle allait, elle faisait toujours plus ressentir ces douces influences dans la maison de Caleb Plummer. L'amitié de la jeune fille aveugle pour elle, sa confiance et sa reconnaissance envers elle, la modestie avec laquelle elle repoussait les remercîments de Berthe, sa dextérité à employer chaque instant de sa visite à quelque chose d'utile dans la maison, et travaillant en réalité beaucoup en ayant l'air de se reposer comme un jour de fête; les provisions délicates qu'elle apportait, sa figure radieuse quand elle paraissait à la porte et quand elle prenait congé; cette expression étonnante depuis les pieds jusqu'à la tête de faire partie de sa maison, comme chose nécessaire dont on ne pouvait se passer, voilà ce dont les fées se réjouissaient, et pourquoi elles l'aimaient. Elles le regardèrent encore toutes à la fois d'un œil interrogateur, tandis que quelques-unes se nichaient dans les vêtements de Dot et la caressaient, et elles semblaient lui dire : « Est-ce là la femme qui a trahi votre confiance? »

Plus d'une fois, deux fois ou trois fois, dans cette longue nuit pensive, les fées la lui montrèrent assise sur son siége favori, avec sa tête penchée, ses mains crispées sur son front, et ses cheveux épars, comme il l'avait vue la dernière fois. Et en la trouvant dans cette posture, elles ne tournaient plus autour de lui et ne le regardaient plus, mais elles se groupaient autour d'elle pour la consoler et la baiser, elles se disputaient à qui lui montrerait le plus de sympathie et de tendresse, et elles oubliaient entièrement le mari.

La nuit se passa ainsi. La lune se coucha, les étoiles pâlirent, la fraîcheur du matin se fit sentir, le soleil se leva. Le voiturier était encore assis au coin de la cheminée, livré à ses réflexions. Il était assis là, la tête sur ses mains. Toute la nuit le fidèle Grillon avait fait *cri, cri*, au foyer. Toute la nuit, il avait écouté sa voix. Toute la nuit les fées de la maison s'étaient occupées de lui. Toute la nuit, Dot lui avait paru aimable et innocente dans la glace, excepté lorsque la grande ombre y paraissait.

Il se leva quand il fut grand jour, se lava et arrangea ses vêtements. Il ne fut pas se livrer à ses occupations accoutumées, il n'en avait pas le courage. Cela importait peu, parce que c'était le jour de noce de Tackleton, et il s'était arrangé pour être suppléé. Il avait pensé à se rendre joyeusement à l'église avec Dot. Mais de tels plans étaient finis. C'était aussi l'anniversaire de leur mariage. Ah! combien peu il avait prévu une pareille fin d'année!

Le voiturier avait espéré que Tackleton viendrait le voir de bonne heure, et il ne s'était pas trompé. A peine avait-il fait quelques allées et venues devant la porte, qu'il vit venir sur la route le marchand de joujoux dans sa voiture. A mesure qu'elle approchait, il s'aperçut que Tackleton s'était paré pour son mariage et avait orné la tête de son cheval de fleurs et de rubans.

Le cheval avait mieux l'air d'un fiancé que Tackleton, dont les yeux demi-fermés avaient une expression plus désagréable que jamais.

— John Peerybingle! dit Tackleton avec un air de condoléance. Mon brave homme, comment allez-vous ce matin?

— J'ai passé une triste nuit, M. Tackleton, répondit le voiturier, en secouant la tête, car mon esprit a été bien troublé. Mais cela est passé maintenant Pourriez-vous me donner une demi-heure pour un entretien particulier?

— Je suis venu pour cela, dit Tackleton en mettant pied à terre. Ne faites pas attention au cheval; il restera assez tranquille, si vous lui donnez une bouchée de foin.

Le voiturier alla chercher du foin dans son écurie, le mit devant le cheval et ils entrèrent dans la maison.

— Vous ne vous mariez pas avant midi, je pense, dit-il.

— Non, dit Tackleton. Nous avons tout le temps; nous avons tout le temps.

Lorsqu'ils entrèrent dans la cuisine, Tilly Slowboy frappait à la porte de l'étranger qui n'était qu'à quelques pas. Un de ses yeux, — et il était très rouge, car Tilly avait crié toute la nuit parce que sa maîtresse criait, — était au trou de la serrure; elle frappait très fort et semblait effrayée.

— Je ne puis me faire entendre, dit Tilly en regardant autour d'elle. J'espère qu'il n'est pas parti, ou qu'il n'est pas mort, s'il vous plaît.

Miss Slowboy accompagna ce souhait philanthropique de nouveaux coups à la porte, mais sans aucun résultat.

— Irai-je? dit Tackleton. C'est curieux.

Le voiturier s'étant tourné vers la porte, lui fit signe d'y aller s'il voulait.

Tackleton vint donc au secours de Tilly Slowboy; et lui aussi se mit à heurter et à frapper, et lui aussi ne reçut pas plus de réponse. Mais il eut l'idée de tourner la poignée de la porte, et comme elle s'ouvrit aisément, il regarda, il entra, et bientôt il revint en courant.

— John Peerybingle, lui dit Tackleton à l'oreille, j'espère qu'il n'y a rien eu... rien de mauvais cette nuit?

Le voiturier se tourna vivement vers lui.

— Parce qu'il est parti, dit Tackleton, et la fenêtre est ouverte. Je ne vois pas de marques; elle est de plein pied avec le jardin; mais je craignais qu'il n'y eût eu quelque... quelque querelle. Eh?

Il le regardait fixement en fermant excessivement un œil, et il donnait à son œil, à sa figure et à toute sa personne un air inquisiteur, comme s'il eût voulu arracher la vérité du fond de son cœur.

— Tranquillisez-vous, dit le voiturier. Il est entré dans cette chambre hier soir, sans avoir reçu de moi aucun mal; et personne n'y est entré depuis lors. Il s'en est allé de sa propre volonté. Je voudrais sortir de cette porte, et aller mendier mon pain de maison en maison, si je pouvais faire que ce qui s'est passé ne fût jamais arrivé. Mais il est venu et il s'en est allé. Je n'ai plus rien à faire avec lui.

— Oh! bon, je pense qu'il s'en est allé facilement, dit Tackleton en prenant une chaise.

Ce ricanement fut perdu pour le voiturier, qui s'assit aussi et se couvrit le visage de sa main pendant quelque temps avant de continuer.

— Vous m'avez montré la nuit passée, dit-il enfin, ma femme ma femme, que j'aime, secrètement...

— Et tendrement, insinua Tackleton.

— Prenant part au déguisement de cet homme, lui donnant l'occasion de la voir seule. C'est la dernière chose que j'aurais voulu voir. C'est la dernière des choses qu'un homme aurait dû me montrer.

— J'avoue que j'ai toujours eu des soupçons, dit Tackleton. Et sous ce rapport je sais qu'on a ici quelque reproche à me faire.

— Mais de même que vous me l'avez montrée, poursuivit le voiturier sans faire attention à lui, telle que vous l'avez vue ma femme, ma femme, que j'aime... sa voix, son œil, sa main devenaient de plus en plus fermes à mesure qu'il répétait ces paroles qui décelaient un but évidemment déterminé, de même que vous l'avez vue à son désavantage, il est juste aussi que vous la voyiez avec mes yeux, et que vous pénétriez dans ma poitrine pour savoir ce qui se passe là-dessus dans mon âme ; car elle est calme, dit le voiturier en le regardant attentivement, et rien ne peut l'ébranler.

Tackleton murmura quelques vagues paroles d'assentiment, mais il était réduit au respect par les manières de son interlocuteur. Tout simple et sans éducation qu'il était, il avait en lui quelque chose de noble et de digne qu'une âme généreuse et pleine d'honneur peut seule donner à l'homme.

— Je suis un homme simple et grossier, dit le voiturier, et bien peu recommandable. Je ne suis pas un homme poli, comme vous le savez bien. Je ne suis pas un jeune homme. J'aime ma petite Dot, parce que je l'ai vue grandir depuis son enfance dans la maison de son père; parce que j'ai connu ses excellentes qualités; parce qu'elle a été ma vie pendant des années et des années. Il y a bien des hommes, à qui je ne peux pas me comparer, qui n'auraient jamais aimé Dot comme moi, je pense.

Il s'arrêta et battit doucement le sol de son pied pendant quelques instants avant de reprendre.

— J'ai souvent pensé, que quoique je ne fusse pas assez digne d'elle, je serais pour elle un bon mari, et que je connaîtrais peut-être mieux qu'un autre ce qu'elle valait; et c'est dans cette idée que je finis par croire que nous pourrions bien nous marier ensemble. Et à la fin ce mariage se fit.

— Hah! fit Tackleton avec un hochement de tête significatif.

— Je m'étais étudié; je m'étais éprouvé; je savais combien je l'aimais, et combien elle serait heureuse, poursuivit le voiturier. Mais je n'avais pas, je le sens maintenant, je n'avais pas suffisamment réfléchi sur ses sentiments à elle.

— C'est sûr, dit Tackleton. Etourderie, frivolité, inconstance, amour d'être admirée! Pas assez réfléchi! tout cela perdu de vue! Hah!

— Vous feriez mieux de ne pas m'interrompre, dit

le voiturier un peu sévèrement, jusqu'à ce que vous m'ayez compris; et vous êtes loin de me comprendre. Si hier j'avais jeté par terre d'un coup l'homme qui osait souffler un mot contre elle, aujourd'hui je foulerais son visage sous mon pied, fût-il mon frère.

Le marchand de jouets le regarda avec étonnement. John continua d'un ton plus doux : — Ai-je réfléchi que je la prenais, à son âge, avec sa beauté, que je l'enlevais à ses jeunes compagnes, à toutes les réunions dont elle était l'ornement, où elle était l'étoile la plus brillante qui ait jamais lui, pour l'enfermer un jour après l'autre dans ma triste demeure, pour n'y avoir que mon ennuyeuse compagnie? Ai-je bien réfléchi combien j'étais peu en rapport avec son humeur gaie, et combien un lourdaud comme moi doit être pesant pour un esprit aussi vif? Ai-je réfléchi qu'il n'y avait en moi à l'aimer ni mérite ni droit, lorsque quiconque la connaît doit aussi l'aimer? Jamais. J'ai pris avantage de sa nature disposée à l'espérance et de son caractère affectueux, et je l'ai épousée. Plût à Dieu que je ne l'eusse pas fait! pour elle, et non pas pour moi.

Le marchand de jouets le regarda sans cligner de l'œil. Son œil à demi fermé était même ouvert.

— Que Dieu la bénisse, dit le voiturier, pour la constance dévouée avec laquelle elle a essayé de m'empêcher de voir tout cela! Et je remercie le ciel de ce que, dans la lenteur de mon intelligence, je ne l'ai pas découvert plus tôt. Pauvre enfant! Pauvre Dot! Moi qui n'ai pas découvert cela, lorsque j'ai vu ses yeux se remplir de larmes en entendant parler d'un mariage comme le vôtre! Moi qui ai vu cent fois le tremblement secret de ses lèvres, et qui n'ai rien soupçonné, jusqu'à la nuit passée! Pauvre fille! Que j'aie pu espérer qu'elle serait jamais amoureuse de moi! Que j'aie pu jamais croire qu'elle l'était!

— Elle le faisait paraître, dit Tackleton. Elle le faisait tellement paraître, qu'à dire vrai ce fut l'origine de mes doutes.

Et alors il fit ressortir la supériorité de May Fielding, qui certainement ne faisait pas du tout paraître qu'elle fût amoureuse de lui.

— Elle l'a essayé, dit le pauvre voiturier avec plus d'émotion qu'il n'en eût encore montré; ce n'est que maintenant que je commence à voir quels efforts elle a faits pour être une épouse affectionnée et fidèle à son devoir. Qu'elle a été bonne! que de choses elle a faites! quel cœur courageux elle a! Que le bonheur que j'ai éprouvé dans cette maison en soit le témoin! ce sera ma consolation quand je serai seul ici.

— Seul ici? dit Tackleton. Vous comptez donc faire attention à cela?

— Je compte, répondit le voiturier, lui montrer la plus grande bienveillance en lui faisant la meilleure réparation qui soit en mon pouvoir. Je puis la délivrer de la peine journalière qui résulte d'un mariage inégal.

et de ses efforts pour cacher sa souffrance. Elle sera aussi libre que je peux la rendre.

— Lui faire réparation! s'écria Tackleton en tordant et en tournant ses grandes oreilles entre ses mains. Il y a ici quelque méprise. Vous n'avez pas voulu dire cela, sans doute?

Le voiturier prit le marchand de joujoux par le collet et le secoua comme un roseau.

— Ecoutez-moi, dit-il, et prenez garde à me bien entendre. Ecoutez-moi. Parlé-je intelligiblement?

— Très intelligiblement, répondit Tackleton.

— Comme j'en ai l'intention?

— Parfaitement, comme vous en avez l'intention.

— J'étais assis à ce foyer la nuit passée, toute la nuit, s'écria le voiturier, à l'endroit même où elle s'asseyait habituellement près de moi, son doux visage regardant le mien. Je me rappelais toute sa vie, jour par jour; j'avais sa chère image présente devant moi quand je repassais ces souvenirs. Et, sur mon âme, elle est innocente, s'il existe quelqu'un pour juger l'innocent et le coupable.

Brave Grillon du Foyer! Loyales fées de la maison!

— La colère et la méfiance m'ont quitté, dit le voiturier, et il ne me reste que mon chagrin. Dans un malheureux moment, quelque ancienne connaissance, plus conforme à ses goûts et à son âge que moi, quittée peut-être à cause de moi, est revenue. Dans un malheureux moment, surprise, et n'ayant pas le temps de réfléchir à ce qu'elle faisait, elle s'est faite la complice de sa trahison en la cachant. Elle l'a vue la nuit dernière, dans l'entrevue dont nous avons été témoins. C'est un tort. Mais sauf cela, elle est innocente, si la vérité existe sur la terre.

— Si c'est votre opinion, commença Tackleton...

— Qu'elle s'en aille donc, poursuivit le voiturier, qu'elle s'en aille avec ma bénédiction pour tant d'heures de bonheur qu'elle m'a données, et avec mon pardon pour le chagrin qu'elle a pu me causer. Qu'elle s'en aille, et qu'elle jouisse de la paix de l'âme que je lui souhaite. Elle ne me haïra jamais. Elle apprendra à mieux m'aimer, lorsque je ne serai plus un fardeau pour elle, et qu'elle portera plus légèrement la chaîne que j'ai rivée pour elle. C'est aujourd'hui l'anniversaire du jour où je l'emmenai de sa maison, si peu pour son agrément. Elle y retournera aujourd'hui et je ne la troublerai plus. Son père et sa mère seront ici aujourd'hui — nous avions fait un projet pour passer ensemble cette journée — et ils l'emmèneront chez eux. Je puis la confier là ou ailleurs. Elle me quitte sans mériter de blâme, et elle vivra de même, j'en suis sûr. Si je meurs, — et je peux mourir pendant qu'elle sera encore jeune; j'ai tant perdu de courage en quelques heures! — elle trouvera que je me suis souvenu d'elle et que je l'ai aimée jusqu'à la fin. Voilà la fin de ce que vous m'avez montré. Maintenant c'est fini.

— Oh ! non, John, ce n'est pas fini. Ne dites pas que c'est fini ! Pas tout à fait encore. J'ai entendu vos nobles paroles. Je ne pourrais pas m'en aller en prétendant que j'ignore ce qui m'a inspiré une si profonde reconnaissance. Ne dites pas que c'est fini, jusqu'à ce que la cloche ait sonné encore une fois !

Elle était entrée peu après Tackleton, et était demeurée là. Elle n'avait jamais regardé Tackleton ; mais elle avait fixé ses yeux sur son mari. Mais elle s'était tenue aussi loin de lui qu'elle l'avait pu ; et quoiqu'elle parlât avec la plus vive tendresse, elle ne s'en approcha pas plus près.

— Aucune main ne peut faire sonner de nouveau pour moi les heures qui se sont écoulées, répondit le voiturier avec un faible sourire. Mais que ce soit ainsi, si vous le voulez, ma chère. L'heure sonnera bientôt. Ce que nous disions n'a pas d'importance. Je voudrais essayer de vous plaire en quelque chose de plus difficile.

— Bien, murmura Tackleton. Il faut que je m'en aille, car lorsque la cloche sonnera, il faudra que je sois en chemin pour l'église. Bonjour, John Peerybingle. Je suis fâché d'être privé de votre compagnie, fâché de la perdre en cette occasion.

— Je vous ai parlé clairement, dit le voiturier en l'accompagnant à la porte.

— Oh ! tout à fait.

— Et vous vous souviendrez de ce que j'ai dit?

— Si vous m'obligez à faire une observation, dit Tackleton en ayant eu auparavant la précaution de monter dans sa voiture, je dois dire que cela était si inattendu qu'il n'est pas vraisemblable que je puisse l'oublier.

— Tant mieux pour nous deux, répondit le voiturier. Bonjour; je vous souhaite beaucoup de joie.

— Je voudrais pouvoir vous en donner, dit Tackleton. Comme je ne le puis pas, je vous remercie. Entre nous, comme je vous l'ai déjà dit, je ne pense pas avoir la moindre joie à me marier, parce que May n'a pas été trop prévenante ni trop démonstrative avec moi. Bonjour. Prenez soin de vous.

Le voiturier le regarda s'éloigner jusqu'à ce que l'éloignement le fit paraître plus petit que les fleurs et les rubans de son cheval; et alors, avec un profond soupir, il se mit à aller et venir comme un homme inquiet et dérouté, parmi quelques ormeaux du voisinage, ne voulant pas retourner jusqu'à ce que l'heure fût près de sonner.

Sa petite femme, restée seule, sanglotait à faire pitié; mais souvent elle essuyait ses yeux et se retenait, pour dire combien il était bon, combien il était excellent! et une fois ou deux elle rit; mais de si bon cœur, si haut, si bizarrement, poussant des cris, qui effrayaient Tilly.

— Oh! je vous en prie, ne faites pas cela, dit Tilly. Il y en assez pour faire mourir et enterrer le baby.

— L'apporterez-vous quelquefois pour voir son père, Tilly, demanda sa maîtresse en essuyant ses yeux, quand je ne pourrai plus habiter ici et que je serai retournée dans ma vieille maison.

— Oh! je vous en prie, ne faites pas cela, dit Tilly en rejetant sa tête en arrière, et poussant un cri, qui ressembla en ce moment à un hurlement de Boxer. Oh! ne faites pas cela. Oh! si tout le monde part, ceux qui resteront seront bien malheureux. Ah! ah! ah!

Les sanglots de la sensible Slowboy étaient si violents, si effrayants pour avoir été si longtemps comprimés qu'elle aurait infailliblement éveillé l'enfant, et lui aurait peut-être donné des convulsions en l'effrayant, si ses yeux n'avaient pas aperçu Caleb Plummer qui entrait en conduisant sa fille. Cette vue la rendit au sentiment des convenances; elle resta quelques moments silencieuse, la bouche grande ouverte; et puis, courant vers le lit où l'enfant était couché et endormi elle se mit à danser, et ensuite bouleversa les couvertures avec son visage et sa tête, paraissant trouver du soulagement dans ces mouvements extraordinaires.

— Dot! s'écria Berthe. Elle n'est pas au mariage!

— Je lui ai dit que vous n'y seriez pas, dit tout bas Caleb. Je l'ai entendu dire hier soir. Mais que Dieu vous bénisse, dit le petit homme en lui prenant affectueusement les mains, peu m'importe ce qu'ils disent. Je ne les crois pas. Je ne suis pas grand'chose, mais on me mettrait plutôt en pièces que de me faire croire un mot contre vous.

Il lui jeta ses bras autour du cou et l'embrassa, comme un enfant aurait fait de sa poupée.

— Berthe n'a pas pu rester à la maison ce matin, dit Caleb. Elle craignait d'entendre sonner les cloches, et elle ne voulait pas se trouver si près d'eux le jour de leur mariage. Nous sommes partis à temps, et nous sommes venus ici. J'ai pensé à ce que j'ai fait, dit Caleb après un moment de silence. Je me suis blâmé jusqu'à ne pas savoir que faire, pour la peine d'esprit que je lui ai causée, et j'en suis venu à conclure, si vous êtes de mon avis, qu'il vaudrait mieux lui dire la vérité. Partagez-vous ma manière de voir? dit-il en tremblant de la tête aux pieds. Je ne sais pas quel effet cela lui fera; je ne sais pas ce qu'elle pensera de moi; je ne sais pas quel cas elle fera désormais de son pauvre père. Mais il est bon pour elle qu'elle soit désabusée, et je supporterai les conséquences que je mérite.

— Dot, dit Berthe, où est votre main? Ah! la voilà, la voilà! et elle la pressa contre ses lèvres, avec un sourire, en la tirant sous son bras. Je les ai entendus parler tout bas hier soir en vous jetant du blâme. Ils ont tort.

La femme du voiturier garda le silence. Caleb répondit pour elle.

— Ils avaient tort, dit-il.

— Je le savais, dit Berthe fièrement. Je le leur ai dit. J'ai méprisé ce qu'ils disaient. La blâmer justement! Elle pressa sa main dans la sienne, et appuya sa douce joue sur sa joue. — Non, je ne suis pas assez aveugle pour cela.

Son père se mit à côté de Dot, et Berthe de l'autre en lui prenant chacun une main.

— Je sais tout cela, dit Berthe, mieux que vous ne le croyez. Mais personne aussi bien qu'elle. Pas même vous, mon père. Il n'y a personne aussi sincère et aussi vraie avec moi qu'elle. Si la vue pouvait m'être rendue un seul instant, je la découvrirais dans une foule sans qu'on me dit un seul mot. Ma sœur!

— Berthe, ma chère, dit Caleb, j'ai quelque chose sur le cœur qu'il faut que je vous dise pendant que nous sommes tous trois seuls. Écoutez-moi avec bienveillance, j'ai une confession à vous faire, ma chère fille.

— Une confession, mon père?

— Je me suis éloigné de la vérité, mon enfant, et je me suis perdu moi-même, dit Caleb avec une expression douloureuse de sa physionomie bouleversée. Je me suis éloigné de la vérité avec l'intention de vous faire du bien, et j'ai été cruel.

Elle tourna vers lui son visage étonné en répétant le mot *cruel*.

— Il s'accuse trop vivement, Berthe, dit Dot. Vous allez le dire, vous serez la première à le dire.

— Lui cruel pour moi ! s'écria Berthe avec un sourire d'incrédulité.

— Sans le vouloir, mon enfant, dit Caleb ; mais je l'ai été, sans toutefois m'en douter, jusqu'à hier soir. Ma chère fille aveugle, écoutez-moi et pardonnez-moi. Le monde dans lequel vous vivez, mon cœur, n'existe pas comme je vous l'ai dépeint. Les yeux auxquels vous vous êtes fiée vous ont trompée.

Elle tourna encore vers lui son visage frappé d'étonnement, mais elle se recula en se rapprochant de son amie.

— Votre chemin dans la vie était rude, ma pauvre enfant, dit Caleb, et j'ai voulu vous l'adoucir. J'ai altéré les objets, changé le caractère des gens, inventé bien des choses qui n'ont jamais existé, afin de vous rendre plus heureuse. Je vous ai fait des cachotteries, je vous ai forgé des tromperies, Dieu me pardonne ! et je vous ai entouré de choses imaginaires.

— Mais les personnes vivantes ne sont pas imaginaires ? dit-elle avec force, mais en pâlissant beaucoup et en s'éloignant de lui. Vous ne pouvez pas les changer.

— Je l'ai fait, Berthe, dit Caleb. Il y a une personne que vous connaissez, ma colombe...

— Oh ! mon père, pourquoi dites-vous que je la connais ? répondit-elle d'un ton d'amer reproche. Qui puis-je connaître, moi qui n'ai personne pour me guider, moi misérable aveugle ?

Dans l'angoisse de son cœur, elle tendit ses mains en avant comme si elle cherchait son chemin, et puis elle en couvrit sa figure avec un air de tristesse et de délaissement.

— Le mariage qui a lieu aujourd'hui, dit Caleb, se fait avec un homme sévère, avare et égoïste. Un maître dur pour vous et pour moi, ma chère, pendant bien des années. Laid dans ses regards et dans son caractère. Toujours froid et insensible. Différent de ce que je vous l'ai dépeint en toutes choses, mon enfant, en toutes choses.

— Oh! pourquoi, dit la fille aveugle torturée au-delà de ce qu'elle pouvait supporter, pourquoi avoir toujours agi ainsi! Pourquoi avez-vous rempli mon cœur de joie pour venir, comme la mort, m'y arracher tous les objets de mon amour! O ciel, comme je suis aveugle! comme je suis seule et sans appui!

Son père désolé penchait la tête, et ne répondait que par son repentir et par sa douleur.

Elle était depuis quelques instants sous cette impression de regret quand le Grillon du Foyer se mit à chanter, sans que personne autre qu'elle l'entendît. Ce chant n'était pas gai, mais bas, faible, triste. Il était si douloureux que ses larmes commencèrent à couler, et elles tombèrent en abondance quand l'apparition qui s'était tenue toute la nuit près du voiturier, se tint derrière elle en montrant son père.

Elle entendit bientôt plus distinctement la voix du

Grillon, et quoique aveugle, elle sentit que l'apparition se penchait vers son père.

— Dot, dit la jeune fille aveugle, dites-moi ce qu'est ma maison ; ce qu'elle est en réalité.

— C'est un pauvre lieu, Berthe ; bien pauvre et bien nu. L'hiver prochain elle ne pourra guère garantir du vent et de la pluie. Elle est mal préservée du mauvais temps, Berthe. Et Dot ajouta en baissant la voix, mais distinctement ; — comme votre pauvre père avec son habit de toile.

La fille aveugle, fort agitée, se leva et tira un peu à part la femme du voiturier.

— Ces présents dont j'ai pris tant de soins, qui me venaient presque à souhait, et que je recevais avec tant de joie, dit-elle en tremblant, d'où venaient-ils ? Est-ce vous qui les envoyiez ?

— Non.

— Qui donc ?

Dot vit qu'elle le savait déjà, et garda le silence. La fille aveugle se couvrit encore le visage de ses mains, mais maintenant d'une autre manière.

— Chère Dot, un moment. Un moment ! ne quittons pas ce sujet. Parlez-moi doucement. Vous êtes sincère, je le sais. Vous ne voudriez pas me tromper, n'est-ce pas ?

— Non, vraiment, Berthe !

— Non, je suis sûre que vous ne voudriez pas. Vous

avez trop compassion de moi. Dot, regardez dans la chambre où nous étions, où est mon père, mon père si plein de compassion et d'amour pour moi, et dites-moi ce que vous voyez.

— Je vois, dit Dot, qui la comprit bien, un vieillard assis sur une chaise, appuyé tristement sur le dossier, avec son visage dans sa main, comme si son enfant devait le consoler, Berthe.

— Oui, oui, elle le consolera. Allons.

— C'est un vieillard usé par les soucis et le travail. C'est un homme maigre, abattu, pensif, à cheveux gris. Je le vois maintenant accablé et courbé, s'agitant pour rien. Mais je l'ai vu déjà bien souvent, Berthe, en s'agitant pour travailler de plusieurs manières pour un objet sacré. Et, j'honore sa tête grise, et je le bénis!

La jeune aveugle, la quittant et allant se jeter aux genoux du vieillard, pressa sa tête grise sur son sein.

— La vue m'est rendue, s'écria-t-elle, j'y vois. J'étais aveugle et maintenant mes yeux se sont ouverts. Je ne l'avais jamais connu. Dire que j'aurais pu mourir sans avoir jamais connu un père qui m'a si tendrement aimée!

Aucune parole ne peut rendre l'émotion de Caleb.

— Il n'est aucune figure sur la terre, s'écria l'aveugle en l'embrassant, que je puisse aimer et chérir autant que celle-ci, quelque belle qu'elle fût. Plus cette tête est grise, et ce visage usé, plus ils me sont chers, mon père. Qu'on ne dise plus désormais que je suis aveugle. Il n'y a pas une ride sur son visage, pas un cheveu sur sa tête, qui soit oublié dans mes prières et dans mes actions de grâces.

Caleb essaya d'articuler « ma Berthe. »

— Et dans ma cécité, moi qui le croyais si différent! dit-elle en le caressant avec des larmes de la plus exquise affection. L'avoir près de moi, chaque jour, pensant toujours à moi, et n'avoir jamais rêvé de cela!

— Le père si élégant en habit bleu a disparu, Berthe, dit le pauvre Caleb.

— Rien n'a disparu, répondit-elle. Cher père, non. Tout est là en vous. Le père que j'aimais tant, le père que je n'ai jamais assez aimé, et assez connu, le bienfaiteur que j'appris d'abord à respecter et à aimer à cause de sa sympathie pour moi, tout cela est en vous. Rien n'est mort pour moi. L'âme de tout ce qui m'était le plus cher est ici, ici avec ce visage ridé et cette tête grise. Je ne suis point aveugle, mon père.

Pendant ces paroles, toute l'attention de Dot avait été fixée sur le père et la fille; mais en jetant les yeux sur le petit faucheur et la prairie mauresque, elle vit que l'horloge allait sonner dans quelques minutes, et immédiatement elle fut saisie d'une agitation nerveuse.

— Mon père, dit Berthe avec hésitation, Dot?

— Oui, ma chère, dit Caleb; elle est là.

— N'y a-t-il pas de changement en elle? Ne m'avez-vous jamais rien dit d'elle qui ne fût vrai?

— Je crains que je ne l'eusse fait, ma chère, répondit Caleb, si j'avais pu la peindre mieux qu'elle n'était. Mais si je l'avais changée, c'eût été la rendre moins bien. On ne peut rien dépeindre de mieux qu'elle.

La confiance de l'aveugle en faisant cette question, son plaisir et son orgueil en entendant la réponse, et son bonheur en l'embrassant de nouveau, étaient charmants à contempler.

— Cependant il peut arriver plus de changement que vous ne le pensez, ma chère, dit Dot. Des changements en mieux, je veux dire; des changements pour la plus grande joie de nous tous. Il ne faut pas trop vous en émouvoir s'ils arrivent.

— Quelles sont ces roues qu'on entend sur la route?

— Vous avez l'oreille fine, Berthe. Sont-ce des roues?

— Oui, et elles vont vite.

— Je... je... je sais que vous avez l'oreille délicate, dit Dot en mettant la main sur son cœur, et parlant évidemment aussi vite qu'elle le pouvait pour cacher son agitation; car je l'ai remarqué souvent, et vous avez été très prompte à distinguer le pas étranger la nuit passée. Cependant je ne sais pas, en me souvenant que vous dites : — de qui est ce pas? — je ne sais pas pourquoi vous fîtes attention à ce pas plutôt qu'à un autre. Mais, comme je viens de le dire, il y a de grands changements dans le monde, de grands changements, et nous ne pouvons mieux faire que de nous préparer à n'être surpris presque de rien.

Caleb s'étonna du sens de ces paroles, en s'apercevant qu'elles s'adressaient à lui non moins qu'à sa fille. Il la vit, avec surprise, si agitée et si désolée qu'elle pouvait à peine respirer, et se tenant à une chaise pour s'empêcher de tomber.

— C'est un bruit de roues, en effet, dit-elle tout émue; elles approchent! Plus près encore! Très près! Elles s'arrêtent à la porte du jardin! Et maintenant vous entendez le pas d'un homme en dehors; le même pas, Berthe, n'est-ce pas? Et maintenant...

Elle poussa un cri de joie inexprimable; et courant vers Caleb, elle mit la main sur ses yeux, pendant qu'un jeune homme entrait dans la chambre, et jetant son chapeau en l'air, s'approcha d'eux.

— C'est fini? cria Dot.

— Oui!

— Heureusement fini?

— Oui!

— Vous souvenez-vous de la voix, cher Caleb? En avez-vous jamais entendu une qui lui ressemblât? demanda Dot.

— Si mon fils qui était dans l'Amérique du Sud était vivant... dit Caleb en tremblant.

— Il est vivant, cria Dot en ôtant ses mains de devant les yeux de Caleb, et en les frappant dans un élan de joie; regardez-le! le voilà devant vous robuste et plein de santé! Votre propre fils chéri! Votre cher frère vivant et vous aimant, Berthe!

Honneur à cette petite créature pour ses transports. Honneur à ses larmes et à ses éclats de rire, pendant que ces trois personnes étaient dans les bras l'une de l'autre! Honneur à la cordialité de son accueil pour le marin bruni par le soleil, qui, avec sa chevelure noire et flottante s'approcha d'elle pour l'embrasser sans qu'elle détournât sa petite bouche rosée, et sans qu'elle s'opposât à ce qu'il la pressât sur son cœur!

Honneur aussi au coucou, pourquoi pas? qui, sortant bravement par la porte de son palais mauresque, vint chanter douze fois devant la compagnie, comme s'il était ivre de joie.

Le voiturier en entrant tressaillit, et il y avait lieu, en se trouvant en si bonne compagnie.

— Voyez, John, dit Caleb au comble de la joie, regardez-le, c'est mon fils qui revient de l'Amérique du Sud! Mon propre fils! Celui que vous avez équipé et fait partir vous-même, celui dont vous avez été toujours l'ami.

Le voiturier s'avança pour lui prendre la main; mais il recula, comme si ses traits lui avaient rappelé ceux du sourd qu'il avait amené dans sa voiture, et il dit :

— Edouard! Etait-ce vous?

— Dites-lui tout maintenant, s'écria Dot. Dites-lui

tout, Edouard; et ne m'épargnez pas, car rien ne m'épargnera à ses yeux désormais.

C'était moi, dit Edouard.

— Pouviez-vous vous cacher ainsi, déguisé, dans la maison de votre vieil ami? continua le voiturier. Il y avait autrefois un garçon franc... combien d'années y a-t-il, Caleb, que nous avons ouï dire qu'il était mort, et que nous l'avions?... qui n'aurait jamais fait cela.

— J'avais autrefois un ami généreux, dit Edouard; plutôt un père qu'un ami, qui ne m'aurait jamais jugé, ni moi ni personne autre, sans m'entendre. Vous étiez cet homme. *Je suis donc certain que vous m'écouterez* maintenant.

Le voiturier, jetant un regard troublé sur Dot qui se tenait encore à l'écart de lui, répondit : — C'est juste, je vous écouterai.

— Vous saurez que lorsque je partis d'ici, tout jeune garçon, dit Edouard, j'étais amoureux, et mon amour était payé de retour. C'était une très jeune fille, qui peut-être — vous pouvez me le dire — ne se rendait pas bien compte de ses sentiments. Mais je connaissais les miens, et j'avais une passion pour elle.

— Vous l'aviez! s'écria le voiturier. Vous!

— Oui, je l'avais, dit l'autre, et elle y répondait. Je l'ai toujours cru, et maintenant j'en suis sûr.

— Que le ciel me soit en aide! dit le voiturier. C'est le pire de tout.

— Constant envers elle, dit Édouard, je revenais plein d'espérance, après bien des épreuves et des périls, pour tenir ma promesse en exécution de notre vieux contrat, lorsque, à vingt milles d'ici, j'apprends qu'elle m'a manqué de parole, qu'elle m'a oublié, et qu'elle s'est unie à un homme plus riche que moi. Je n'avais pas l'intention de lui faire des reproches, mais je désirais la voir, et m'assurer que cela était vrai. J'espérais qu'elle y aurait été forcée contre son propre désir et malgré ses souvenirs. Ç'aurait été pour moi un faible soulagement, mais c'en aurait été un, je crois, et je vins ici. Pour connaître la vérité, la vérité vraie, observée librement par moi-même, juger par moi-même, sans intermédiaire de personne, sans user d'influence sur elle, — si j'en avais encore, — je me déguisai, vous savez comment, et je l'attendis sur la route, vous savez où. Vous n'aviez aucun soupçon sur moi, elle n'en avait pas non plus, — montrant Dot, — jusqu'à ce que, lui ayant dit un mot à l'oreille, près du feu, elle faillit me trahir.

— Mais lorsqu'elle sut qu'Édouard était vivant et qu'il revenait, dit Dot en sanglotant, parlant pour elle-même, comme elle avait brûlé jusque là de le faire, et lorsqu'elle eut connu son dessein, elle lui conseilla par tous les moyens de garder son secret; car son vieil ami John Peerybingle était d'une nature trop dénuée d'artifice, trop lourd en général, pour le garder pour lui, continua Dot, moitié riant, moitié sanglotant. Et lorsqu'elle... c'est-à-dire moi, John, dit en pleurant la petite femme, lorsqu'elle lui eut tout dit, comment sa bonne amie l'avait cru mort, comment elle s'était laissé persuader par sa mère de contracter un mariage qu'elle lui présentait comme avantageux, et lorsqu'elle... c'est encore moi, John... lui dit qu'ils n'étaient pas encore mariés — mais bien près de l'être — et que ce mariage ne serait qu'un sacrifice, s'il se faisait, car du côté de la jeune fille, il n'y avait pas d'amour, et quand il devint presque fou de joie en apprenant cela; alors elle... c'est-à-dire moi,... dit qu'elle s'entremettrait entre eux, comme elle l'avait fait souvent dans l'ancien temps, John, et qu'elle sonderait sa bonne amie, et qu'elle... encore moi, John... était sûre que ce qu'elle disait et pensait était juste. Et c'était juste, John! Et on les a amenés l'un à l'autre, John! Et ils se sont mariés il y a une heure, John! Et voilà le marié! Et Gruff et Tackleton mourra garçon! Et je suis une heureuse petite femme. May, que Dieu vous bénisse!

Cette petite femme était irrésistible, s'il est besoin de le dire, et jamais elle ne le fut autant que dans ses transports actuels. Jamais il n'y eut de félicitations plus affectueuses et plus délicieuses que celles qui accueillirent elle et le marié.

Au milieu du tumulte des émotions qui agitaient son cœur, le voiturier restait confondu. Il se précipita vers sa femme, mais Dot, étendant les bras pour l'arrêter, se recula comme auparavant.

— Non, John, non! écoutez tout. Ne m'aimez pas

davantage, John, jusqu'à ce que vous ayez entendu toutes les paroles que j'ai à dire. J'ai eu tort d'avoir un secret pour vous, John. J'en suis très fâchée. Je ne croyais pas qu'il y eût du mal, jusqu'au moment où j'étais assise auprès de vous sur l'escabeau, la nuit dernière; mais lorsque j'eus vu par ce qui était écrit sur votre visage que vous m'aviez vue me promener dans la galerie avec Edouard, et que j'eus compris ce que vous pensiez, je sentis que c'était une étourderie coupable. Mais, cher John, comment est-il possible que vous ayez eu une telle pensée?

La petite femme se mit encore à sangloter. John Peerybingle voulut la serrer dans ses bras, mais elle ne le lui permit pas.

— Ne m'aimez pas encore, John, je vous en prie. Pas de longtemps. Lorsque j'étais triste à cause du mariage proposé, mon cher, c'était parce que je me souvenais que May et Edouard s'aimaient, et que je savais que le cœur de May était bien loin de Tackleton. Vous croyez cela maintenant, John, n'est-ce pas?

John allait faire un autre mouvement vers elle pour lui répondre, mais elle l'arrêta encore.

— Non, restez-là, John, je vous en prie. Lorsque je ris de vous, comme je le fais quelquefois, lorsque je vous appelle lourdaud, ou ma chère vieille oie, ou de quelque autre nom de cette espèce, c'est parce que je vous aime ainsi, et que je ne voudrais pas vous voir changé en rien autre, pas même en roi.

— Bravo ! s'écria Caleb avec une vigueur inaccoutumée. C'est mon opinion.

— Et quand je parlais des gens d'un certain âge et solides, John, et que je vous disais que nous étions un couple de nigauds, qui marchions par secousse, comme des marionnettes, c'est que je suis une étourdie, qui me plais à jouer des comédies avec le baby. Voilà tout ; vous me croyez ?

Elle le vit s'avancer, et l'arrêta encore, mais ce fut presque trop tard.

— Non, ne m'aimez pas encore d'une ou deux minutes, s'il vous plaît, John. Ce que j'ai le plus à cœur de vous dire, je l'ai gardé pour la fin. Mon cher, mon bon, mon généreux John, lorsque nous parlions l'autre soir du Grillon, il me vint à la bouche de vous dire que d'abord je ne vous aimais pas aussi tendrement que je vous aime maintenant ; que lorsque je vins demeurer ici je craignais de ne pouvoir pas apprendre à vous aimer autant que je l'espérais et que je le demandais dans mes prières, moi étant si jeune, John. Mais, cher John, chaque jour et chaque heure je vous aimai de plus en plus. Et si j'avais pu vous aimer plus que je ne le fais, les nobles paroles que je vous ai entendu prononcer ce matin, m'auraient fait vous aimer davantage. Mais je ne le puis. Toute l'affection dont je suis capable, — et elle est grande, — John, je vous l'ai donnée, comme vous le méritez, et il y a longtemps, longtemps, et il ne m'est pas possible de vous en donner davantage. Maintenant, mon cher mari, serrez-moi encore contre votre cœur. Ceci est ma maison, John, ne pensez jamais à m'envoyer dans une autre.

Vous n'aurez jamais plus de plaisir à voir une charmante petite femme dans les bras de personne, que vous n'en auriez eu à voir Dot dans les bras de son mari. Jamais vous n'avez vu un embrassement aussi affectueux et aussi sincère.

Soyez sûr que le voiturier était dans un ravissement complet, et que Dot était de même; personne ne faisait exception, pas même Slowbody, qui criait de joie, et qui pour faire partager à son jeune fardeau la joie générale présentait le baby à la ronde, à la bouche de chacun, comme si elle leur avait donné quelque chose à boire.

Mais en ce moment on entendit au dehors un bruit de roues, et quelqu'un s'écria que Gruff et Tackleton revenait. Ce digne homme parut bientôt animé et échauffé.

— Que diable est ceci, John Peerybingle? dit Tackleton. Il y a quelque malentendu. J'ai donné rendez-vous à l'église à mistress Tackleton, et je jurerais que je l'ai rencontrée en route pour ici. Oh! elle ici. — Pardon, monsieur, je n'ai pas l'honneur de vous connaître, — mais si vous pouvez me faire la faveur de ne pas retenir cette demoiselle, elle a un engagement particulier ce matin.

— Mais je ne peux pas la laisser aller, répondit Edouard, je n'en ai pas la pensée.

— Que voulez-vous dire, vagabond que vous êtes! dit Tackleton.

— Je veux dire que quoique je puisse vous permettre d'être vexé, répondit l'autre en souriant, je suis aussi sourd pour les injures, que je l'étais hier soir pour tous les discours.

Quel regard que celui que Tackleton jeta sur lui, et comme il tressaillit!

— Je suis fâché, monsieur, dit Edouard en tenant la main gauche de May et principalement son troisième doigt, et tirant de la poche de son habit un petit bout de papier d'argent dans lequel était sans doute un anneau.

— Miss Slowbody, dit Tackleton, voulez-vous avoir la bonté de jeter cela dans le feu? Merci.

— C'était un engagement antérieur, un engagement tout à fait ancien, qui a empêché ma femme de se trouver au rendez-vous convenu avec vous, je vous assure, dit Edouard.

— M. Tackleton me rendra la justice de reconnaître que je lui ai révélé fidèlement ce fait, et que je lui ai dit maintes fois que je ne pouvais l'oublier, dit May en rougissant.

— Oh! certainement, dit Tackleton. C'est sûr. C'est

tout à fait juste. C'est entièrement exact. Vous êtes donc mistress Edouard Plummer, je présume?

— C'est son vrai nom, répondit le marié.

— Ah! je ne vous aurais pas reconnu, monsieur, dit Tackleton, en regardant minutieusement sa figure et en lui faisant un profond salut. Je vous souhaite beaucoup de joie, monsieur.

— Merci.

— Mistress Peerybingle, dit Tackleton en se tournant soudain vers elle qui était assise avec son mari, je suis fâché. Vous ne m'avez pas montré beaucoup de bienveillance, mais, sur ma vie, je suis fâché. Vous êtes meilleure que je ne pensais. John Peerybingle, je suis fâché. Vous me comprenez : cela suffit. C'est tout à fait correct, mesdames et messieurs, et parfaitement satisfaisant. Bonjour.

En disant ces mots, il sortit, et partit; il ne s'arrêta à la porte que pour ôter les fleurs et les rubans de la tête de son cheval, et pour donner à l'animal un coup de pied dans les flancs, comme pour lui apprendre qu'il y avait un écrou lâché dans ses arrangements.

C'était maintenant un devoir sérieux de marquer cette journée comme une grande fête pour toujours dans le calendrier de John Peerybingle. En conséquence, Dot se mit à l'œuvre pour faire honneur à la maison et à tous ceux qui s'y intéressaient. En peu de temps,

Elle eut les bras jusqu'au coude dans la farine, et elle blanchissait les habits du voiturier, toutes les fois qu'elle passait près de lui et qu'elle s'arrêtait pour lui donner un baiser. Le brave homme lavait les herbes, pelait les navets, mettait au feu les pots plein d'eau froide, et se rendait utile de toutes les manières ; tandis qu'un couple d'aides, appelés du voisinage, se mettaient à courir dans tous les coins, se heurtant à chaque instants contre Tilly Slowbody et le baby. Tilly n'avait jamais déployé tant d'activité. Son ubiquité était l'objet de l'admiration générale. A deux heures et vingt-cinq minutes elle était une pierre d'achoppement dans le passage, à deux heures et demie, un traquenard dans la cuisine, et à trois heures moins vingt-cinq minutes, un trébuchet dans le grenier. La tête du baby était une pierre de touche pour toute espèce d'objet, animaux, végétaux ou minéraux. On n'employait rien ce jour-là qui ne fit une connaissance intime avec elle.

Ensuite une grande expédition fut dépêchée à pied à mistress Fielding pour faire des excuses à cette excellente dame, et pour l'amener de gré ou de force afin d'être heureuse et de pardonner. Lorsque cette expédition la découvrit, elle ne voulut rien entendre et répéta un nombre infini de fois : « N'eussé-je jamais vu ce jour ! » Elle ne put qu'ajouter : « Portez-moi maintenant au tombeau ; » ce qui était parfaitement absurde, attendu qu'elle n'était pas morte, et qu'elle n'en avait pas même l'apparence. Après cela, elle tomba dans un calme effrayant, et observa que, depuis les circonstances qui avait amené le grand changement dans le commerce de l'indigo, elle avait prévu qu'elle serait exposée toute la vie à toute espèce d'insultes et d'outrages; elle était satisfaite de voir qu'il en était bien ainsi. Elle pria qu'on ne fît plus attention à elle, car, qu'était-elle? un rien. On n'avait qu'à l'oublier et à suivre la voie sans elle. De cette humeur sarcastique elle passa à la colère, dans laquelle elle laissa échapper cette remarquable expression, que le ver se redresse quand on le foule aux pieds. Après cela, elle se laissa aller à un regret adouci, et dit : « S'ils m'avaient donné leur confiance, que n'eussé-je pas pu suggérer! » Profitant de cette crise dans ses sentiments, l'expédition l'embrassa, et bientôt elle eut mis ses gants, et fut en chemin pour la maison de John Peerybingle dans une tenue irréprochable, portant à son côté dans une paquet de papier un bonnet de cérémonie, presque aussi grand et aussi raide qu'un mètre.

Après cela, il restait encore à venir le père et la mère de Dot dans une autre petite voiture, et ils étaient en retard; on avait quelques craintes, on allait regarder de temps en temps sur la route. Mistress Fielding regardait toujours du côté qu'il ne fallait pas, et comme on le lui faisait observer, elle répondait qu'elle était bien maîtresse de regarder là où elle voulait. A la fin, ils arrivèrent. C'était un charmant couple de paysans, mis d'une manière particulière à la famille de Dot.

Dot et sa mère, à côté l'une de l'autre étaient étonnantes à voir, tant elles se ressemblaient.

La mère de Dot eut à renouveler connaissance avec la mère de May; la mère de May gardait ses airs de dame, et la mère de Dot n'avait qu'un air aisé. Le vieux Dot, appelons ainsi le père de Dot, j'ai oublié son vrai nom, mais n'importe, le vieux Dot était sans gêne, il donnait des poignées de mains à première vue, ne regardait un bonnet que comme un assemblage de mousseline et d'empois, n'attachait pas d'importance au commerce de l'indigo, mais disait qu'il n'y avait rien à y faire. Dans l'opinion de mistress Fielding, c'était une bonne pâte d'homme, mais grossière, ma chère.

Je ne voudrais pas oublier Dot faisant les honneurs de sa maison avec sa robe de noces, et un visage radieux; non! ni le brave voiturier si jovial et si rond au bout de la table; ni le brun et vigoureux marin avec sa charmante femme; ni personne autre. Oublier le dîner, ce serait oublier le repas le plus agréable, et le plus grand oubli serait d'oublier les verres que l'on but pour célébrer ce jour de noces.

Après dîner, Caleb chanta la chanson sur le *Bol pétillant* :

« Je suis un bon vivant,
Pour un ou deux ans. »

Il la chanta jusqu'au bout.

Un incident arriva juste comme il finissait le dernier vers.

On frappa un coup à la porte; un homme entra en chancelant, et sans demander la permission, portant quelque chose de lourd sur sa tête. En le plaçant au milieu de la table, symétriquement au centre des noix et des pommes, il dit :

— Des compliments de la part de M. Tackleton. Comme il n'a pas l'emploi du gâteau, peut-être vous le mangerez.

Après ces mots, il sortit.

Il y eut quelque surprise dans la compagnie, comme vous pouvez vous l'imaginer. Mistress Fielding, étant une dame d'un discernement infini, émit l'idée que le gâteau était empoisonné, et raconta qu'un pensionnat de demoiselles avait été, à sa connaissance, malade pour avoir mangé d'un gâteau. Mais son opinion fut repoussée par acclamation; et le gâteau fut coupé par May avec beaucoup de cérémonie et de gaîté.

Je ne crois pas que personne en eût goûté encore, lorsqu'un autre coup fut frappé à la porte, et le même homme reparut portant sous son bras un gros paquet de papier brun.

— Des compliments de la part de M. Tackleton, envoie quelque joujoux pour le baby. Ils ne sont pas laids.

Après avoir dit cela, il repartit.

Toute la société aurait eu de la peine à trouver des

termes pour exprimer son étonnement, quand même elle aurait eu le temps de les chercher. Mais ils ne l'eurent pas du tout, car le messager avait à peine fermé la porte derrière lui, qu'on frappa un autre coup, et Tackleton lui-même entra.

— Mistress Peerybingle, dit-il le chapeau à la main, je suis plus fâché, je suis plus fâché que je ne l'étais ce matin. J'ai eu le temps d'y penser. John Peerybingle, je suis aigre par caractère, mais je ne puis empêcher d'être adouci plus ou moins, en me trouvant face à face avec un homme comme vous. Caleb! cette petite nourrice m'a donné l'autre soir sans le savoir un avis ambigu dont j'ai trouvé le fil. Je rougis de penser avec quelle facilité je pouvais attacher à moi vous et votre fille, et quel misérable idiot j'étais lorsque je la pris pour une... Mes amis, ma maison est bien solitaire ce soir. Je n'ai pas même un Grillon au Foyer. J'ai tout fait fuir. Soyez gracieux pour moi; permettez-moi de me joindre à votre aimable société.

Il fut chez lui en cinq minutes. Vous n'avez jamais vu pareil homme. A quoi avait-il passé toute sa vie pour n'avoir pas découvert jusque là quelle capacité il avait pour être jovial? Ou bien quel avait été le pouvoir des fées sur lui pour opérer un tel changement?

— John! vous ne me renverrez pas à la maison ce soir, n'est-ce pas? dit Dot tout bas.

Il ne manquait qu'une créature vivante pour rendre la société complète. Dans un clin d'œil elle fut là.

Très altéré pour avoir longtemps couru, il faisait de vains efforts pour fourrer sa tête dans une cruche étroite. Il avait accompagné la voiture jusqu'à la fin du voyage, très rebuté de l'absence de son maître, et extrêmement rebelle envers son suppléant. Après avoir rôdé autour de l'étable pendant un peu de temps, tentant vainement d'exciter le cheval à faire acte de rébellion en revenant pour son propre compte, il était entré dans le cabaret et s'était couché devant le feu. Mais tout à coup cédant à la conviction que le suppléant était un imbécile et qu'il fallait le quitter, il s'était levé, avait tourné la queue et était revenu à la maison.

On dansa le soir. Je me serais borné à cette mention générale, si je n'avais eu quelque raison de croire que c'était une danse originale et des moins communes. Elle était organisée de la manière bizarre que voici.

Edouard le marin, garçon plein d'entrain, leur avait raconté des choses merveilleuses au sujet des perroquets, des mines, des Mexicains, de la poudre d'or, lorsque tout à coup il se mit en tête de quitter son siége et de proposer une danse, car la harpe de Berthe était là, et vous avez rarement entendu quelqu'un en jouer d'une main plus habile. Dot dit, non sans quelque affectation, que ses jours de danses étaient passés; je crois que c'était parce que le voiturier fumait sa pipe et qu'elle préférait rester assise près de lui. Mistress Fielding n'avait pas le choix de dire autrement que ses jours de danses étaient aussi passés, tout le monde dit de même excepté May; May était toujours prête.

Au grand applaudissement de tous, May et Édouard se mirent à danser seuls, et Berthe joua son plus joli air.

Bon ! si vous m'en croyez, ils n'avaient pas dansé cinq minutes, que soudain le voiturier jette sa pipe, prend Dot par le milieu du corps, s'élance dans la chambre, et saute avec elle d'une manière étonnante. Tackleton ne voit pas plutôt cela, qu'il court à mistress Fielding, la prend à la taille et suit le mouvement. Dès que le vieux Dot voit cela, il se sent revivre, enlève mistress Dot, et prend part à la danse avec le plus d'entrain. Caleb ne voit pas plutôt cela qu'il prend Tilly Slowbody par les deux mains et saute en cadence; miss Slowbody, restait ferme dans la croyance que se pousse rétourdiment au milieu des autres couples, et se choquer constamment avec eux, est votre seul principe de la marche.

Ecoutez ! voilà le criquet qui fait concert avec la musique, cri ! cri ! cri ! et la Bouilloire bourdonne aussi.

. . . .

Mais Qu'est-ce ceci ! pendant que je les écoute avec plaisir, et que je me tourne vers Dot pour jeter un dernier regard sur cette figure qui me plait tant, elle et le reste s'évanouissent dans l'air, et je reste seul. Un Grillon chante dans le Foyer ; un jouet d'enfant est brisé à terre, et il n'y a plus rien.

FIN.

Limoges. — Imp. Eugène Ardant et Cie.

LA COUR
D'UN RAJAH

OU LES

DISTRACTIONS DE NUSSIR-U-DEEN

SOUVERAIN DE LUKNOW

TRADUIT DE L'ANGLAIS

PAR BÉNÉDICT-HENRI RÉVOIL

LIMOGES
EUGÈNE ARDANT ET Cᵉ, ÉDITEURS.

www.ingramcontent.com/pod-product-compliance
Ingram Content Group UK Ltd.
Pitfield, Milton Keynes, MK11 3LW, UK
UKHW031911260826
14628UKWH00003B/1135

9 782019 175382